impressum

fotomodel:	si – auroville
fotos model:	ireno guerci – auroville
fotos perlen:	fotostudio gahr & popp – straubing
grafik:	verlag ebner – deggendorf
autor:	michael bonke

© 2010 verlag ebner, 94469 deggendorf
ISBN: 978-3-934726-50-5
alle rechte vorbehalten.
nachdruck, auch auszugweise, nur mit genehmigung des autors

die freudentränen
der aphrodite

*in allen kulturen
ist seit menschengedenken
die schlichte aussage der perle:
weiblichkeit
schönheit
sinnlichkeit*

*die griechen glaubten,
perlen entstünden
aus freudentränen
der liebesgöttin aphrodite*

die römer glaubten,
perlen entstünden, wenn eine auster
mit weit geöffneten schalen,
an der wasseroberfläche treibend,
im schein des mondlichts
einen tautropfen aufnimmt

*die polynesier glaubten,
der friedensgott oro schenkte
die perlauster den menschen
aus liebe zu der schönen
prinzessin der insel bora bora*

die perle – traditionelle königin des schmucks

es war im jahre 41 vor christus, als kleopatra in tarsus (heutige türkei) auf ihrer legendären barke ankam, um zu versuchen, die spannungen und politischen differenzen zwischen rom und ägypten abzubauen. in ihrem bemühen, die gunst des römischen kaisers marc antonius zu gewinnen, veranstaltete sie für den kaiser und seine gefolgsleute eine reihe von äußerst aufwendigen banketten, die die römer mehrere nächte hintereinander in ihren bann ziehen sollten. der aufwand verfehlte seine wirkung nicht: marc antonius war beeindruckt von dem reichtum der ägyptischen königin und fand sie selbst auch charmant.

als sich die beiden langsam näher kamen, beschloss kleopatra, marc antonius mit einer wette von ihrer zuneigung zu ihm zu überzeugen. als marc antonius die ansicht äußerte, dass die festgelage an prunk und luxus wohl kaum noch zu übertreffen seien, wettete kleopatra, dass sie ihm das teuerste festessen aller zeiten servieren könne und dass sie bei einer einzigen mahlzeit speisen im wert von über 10 millionen sesterzen vertilgen könne. marc antonius nahm die wette an. als er am nächsten abend wider erwarten ein relativ schlichtes essen serviert bekam, wähnte er sich schon als sieger. doch dann ließ kleopatra den zweiten gang servieren: zwei schalen weinessig. sie nahm eine ihrer beiden tropfenförmigen perlen vom ohr, löste sie in einer der schalen weinessig auf und trank das perlenessig-getränk. anschließend reichte sie die zweite perle marc antonius. an diesem punkt jedoch schritt der zum schiedsrichter bestellte ehemalige konsul lucius munatius plancus ein und verkündete, dass marc antonius die wette verloren hätte. damit verhinderte er, dass auch die zweite perle zerstört wurde. kleopatras rechnung ging schlussendlich auf. sie hatte nicht nur die wette, sondern auch marc antonius herz gewonnen.

der wert beider perlen wurde von plinius dem älteren auf 60 millionen sesterzen geschätzt. der tatsächliche damalige wert der perlen ist nur schwer nachzuvollziehen. es heißt auch, dass jede einzelne perle den wert von 15 ländern gehabt habe.

rechnen wir den wert der perlen in gold um, ergibt sich folgendes bild: die römische goldmünze, der aurelius, wog 7,8 gramm und entsprach 100 sesterzen. demnach entsprachen 60 millionen sesterzen damals 4,68 tonnen gold. doch die umrechnung nach goldwert ergibt kein realistisches bild vom tatsächlichen wert der beiden berühmtesten perlen der geschichte. denn edelmetalle waren in der antike überproportional wertvoll. wenn wir den wert der perlen nach der arbeitskraft eines tagelöhners umrechnen (4 sesterzen pro tag), dann kommen wir schon auf einen vergleichswert von 1,5 milliarden euro. doch auch dies spiegelt noch nicht den wirklichen damaligen wert der perlen wider.

eine andere methode wäre, die gesamtwirtschaftliche leistung des damaligen systems als vergleichsbasis heranzuziehen. der schriftsteller plutarch schätzte die gesamten einnahmen des spätrepublikanischen römischen reiches auf jährlich 340 millionen sesterzen. kleopatra trug demnach etwa 18 % des gesamten staatshaushaltes des römischen reiches an ihren ohren. setzen wir dies in rela-

tion zum staatshaushalt der derzeitigen weltmacht, den usa, dann entsprach der tatsächliche wert des tropfen-paares von kleopatra einem heutigen wert von 540 milliarden dollar.

nach dem tode der ägyptischen königin wurde die noch verbleibende perle nach rom gebracht, in zwei hälften zerteilt und im großen tempel der göttin der liebe an die statue der venus geheftet.

der kleine vergleich mag uns veranschaulichen, welchen enormen wert perlen in der antike hatten. man kann den damaligen wert von perlen überhaupt nicht einschätzen. so finanzierte der römische general vitellius einen kompletten kriegszug mit dem verkauf von einem der perlohrringe seiner mutter.

die perle prägte über viele jahrtausende unsere abendländische gesellschaft, indem sie als wertvollstes gut den höchsten platz unter allen wünschenswerten gütern einnahm. plinius der ältere beschreibt im jahr 77 vor christus die perle als die „reichste handelsware von allem; das erhabenste gut auf der ganzen welt".

auch julius caesar war ein begeisterter perlen-liebhaber. wie der römische biograf gaius setonius berichtete, schenkte er seiner geliebten servilia (mutter von brutus) eine perle im wert von 6 millionen sesterzen. während seiner regentschaft erließ der senat ein gesetz, welches dem normalen bürger verbot, perlen als schmuck zu tragen. dieses privileg war nur dem adel vorbehalten. damit wurde das tragen von perlen ein so auffälliges statussymbol, dass plinius schrieb: „dass einer dame, welche eine perle trug, gleichwohl ein bote vorauseilen hätte können."

der berüchtigte römische kaiser gaius caligula (12 bis 41 nach christus) machte sein lieblingspferd incitatus zum senator und schmückte es anschließend mit einer perlenkette. seine dritte ehefrau lollina paulina war eine regelrechte perlenfanatikerin. plinius berichtete von einer eher peinlichen begegnung mit ihr, wo sie am kopf, hals, ohren, handgelenken und fingern mit perlen und smaragden ausgestattet war, welche zusammen einen wert von ca. 40 millionen sesterzen hatten. er schreibt, dass sie sogar quittungen diverser schmuckhändler bei sich trug, um zu beweisen, wie wertvoll ihr schmuck war.

der römische dramatiker und philosoph seneca schrieb sichtlich genervt: „ich sehe perlen. eine für jedes ohr? nein! die ohrläppchen unserer damen haben offenbar die besondere eigenschaft entwickelt, eine vielzahl auf einmal zu tragen. zwei perlen nebeneinander, mit einer dritten darüber baumelnd, bilden nun einen ohrring. diese verrückten scheinen offenbar zu glauben, dass ihre ehemänner nur dann genügend gequält worden sind, wenn sie den wert einer erbschaft an jedem ohr tragen."

im alten rom war die perle symbol für liebe, schönheit und reinheit der seele. sie stand sinnbildlich für die göttin venus. selbst in der bibel wird die perle als metapher verwendet. in dem gleichnis: „perlen vor die säue werfen", wird sie als sinnbild für das wertvollste herangezogen, was der mensch besitzt, nämlich seine richtige überzeugung, bzw. seine verbindung zu gott.

als könig ferdinand und königin isabella von spanien sich entschlossen, christoph kolumbus zu finanzieren um die westroute nach indien zu finden, übergaben sie ihm eine liste von gütern, die sie als gegenleistung aus indien erwarteten. an oberster stelle dieser liste standen perlen.

als 1498 christoph kolumbus auf seiner dritten reise in die neue welt zurückkehrte, um die schatztruhen der spanier zu füllen, da beobachteten er und seine besatzung an der küste von venezuela und trinidad, dass die ureinwohner größere mengen von perlen besaßen. kolumbus benannte dann die insel der reichsten perlgegend „margarita", nach dem griechischen wort margarita, welches „perle" bedeutet. kolumbus legte jedoch nicht selbst auf der insel an, sondern nahm kurs nach norden, um neue länder zu entdecken. ein jahr später, 1499, landeten peralonso nino und crisobal guerra auf der insel und kehrten mit einer fracht von 44 kg perlen nach spanien zurück. die spanische krone war begeistert und erklärte perlfischerei sofort zum staatsmonopol.

perlen waren in der antike und im mittelalter nicht nur begehrt wegen ihrer schönheit, sondern waren auch statussymbol. sie hatten nicht nur einen ideellen, sondern auch einen hohen gesellschaftspolitischen wert. so überboten sich die könige nicht nur europaweit gegenseitig im zurschaustellen ihrer perlen. wer die besseren perlen besaß, genoss auch den größeren respekt. zwischen königin elisabeth I. von england und ihrem erzfeind könig phillip II. entwickelte sich ein kostspieliger konkurrenzkampf um die frage: „wer hat die meisten und die besten perlen?" in dieser auseinandersetzung kämpften beide seiten mit allen mitteln. königin elisabeth I. ging sogar so weit, die piraterie auf dem atlantik aktiv zu unterstützen. john hawkins und francis drake, ihre lieblings-schachfiguren, jagten den spaniern auf dem ozean die perlen ab, um sie dann an die englische königin zu verkaufen. obwohl königin elisabeth die weitaus größere anzahl an perlen besaß, so konnte sie doch könig phillip nicht übertrumpfen. denn er besaß die berühmteste perle der epoche: „la peregrina" (die pilgerin). diese perle hatte ein gewicht von ca. 13,2 gramm und wurde anfang des 16. jahrhunderts bei den „islas de perlas" an der pazifischen panamaküste gefunden. sie war eiförmig und von einer legendären schönheit. könig phillip schenkte sie zunächst seiner braut, der damaligen königin von england, maria tudor. später pilgerte die berühmte perle durch viele schmuckschatullen, z.b. durch die von napoleon III. oder königin victoria von england. 1969 wurde sie von sothebys versteigert. der käufer war richard burton, der sie seiner frau elizabeth taylor zum valentinstag schenkte.

die perlen der antike waren selbstverständlich naturperlen, keine zuchtperlen. das perlentauchen wird heute nicht mehr betrieben. mit dem aufkommen der perlzucht anfang des letzten jahrhunderts, konnte das enorme bedürfnis nach perlen zu einem großen teil mit zuchtperlen befriedigt werden. der preis von naturperlen ist nach wie vor sehr hoch. doch durch das vorhandensein der zuchtperlen, die in größe und schönheit den naturperlen kaum nachstehen, hat sich der preis von naturperlen auf einen wert eingependelt, der bei weitem nicht mehr so schwindelerregend ist wie in der antike oder dem mittelalter. den höchsten preis für eine einzelne naturperle erzielte in letzter zeit „la regente". sie wurde am 16. oktober 2005 von christies um 2,1 millionen euro versteigert. „la regente" ist mit 21,8 gramm heute auch eine der größten bekannten naturperlen. napoleon I. schenkte diese perle seiner zweiten frau zur geburt seines sohnes. die perle wurde 1887 von dem berühmten russischen juwelier fabergé ersteigert, der diese an die perlensammlerin fürstin jussupow verkaufte. die perle war unter den wenigen juwelen, die ihr sohn fürst felix nach der oktoberrevolution auf der flucht aus russland retten konnte.

doch auch wenn man für eine einzige perle heutzutage keinen krieg mehr finanzieren oder ein ganzes land kaufen kann, so ist doch die begeisterung für perlen ungebrochen. worin sich die enorme anziehungskraft der perlen begründet, werden wir nach rationalen maßstäben vermutlich nie begreifen können. vielleicht ist dies auch ganz gut so, denn es ist ja gerade das element des unergründlichen, welches einen wesentlichen bestandteil des charmes der perle ausmacht.

diamanten, safire, rubine, smaragde können wir bemessen, berechnen, ja sogar künstlich herstellen. wir kennen den brechungsindex, können die farbe mit hilfe von instrumenten genau bestimmen, wir kennen ihre molekularstrukturen. alles ist erfassbar. nicht so bei der perle. bis heute kann man perlmutt mit seinem geheimnisvollen lüster nicht synthetisch herstellen. während die nachahmungen von edelsteinen so perfekt sind, dass man bei safiren, rubinen oder smaragden nur mit komplizierten geräten feststellen kann, ob der stein natürlich oder synthetisch ist, genügt ein einziger blick des fachmanns, um zu wissen ob eine perle in einer muschel herangereift ist oder es sich um ein imitat handelt.

der lüster einer perle, der glanz und das leuchten, welches aus einer tiefe zu kommen scheint, die räumlich gar nicht da ist, sind nicht imitierbar. es gibt auch kein instrument, mit welchem man den lüster messen oder bestimmen könnte. und es gibt kein graduiersystem, mit dem man die güte und den wert der perle eindeutig bestimmen kann. alles, was die faszination einer perle ausmacht, ihren zauber, ihren seidigen, unwiderstehlichen glanz, alles spielt sich in bereichen ab, die rational nicht erfassbar sind. vielleicht spielt die enorm lange geschichte und tradition des perlschmucks hier eine rolle, welche sich tief in die archetypischen welten unseres unterbewusstseins eingegraben hat. perlen und perlmutt werden vermutlich schon seit ca. 150.000 jahren als schmuck verwendet. diamanten erst seit 500 jahren.

der älteste schmuck der geschichte wurde in einer kalksteinhöhle in ostmarokko gefunden, nahe der stadt taforalt. in der grotte, welche von der unesco zum weltkulturerbe erhoben wurde, fand ein internationales team von archäologen 47 daumennagel-große, handbearbeitete muschelschalen. wie die archäologin elaine turner vom mainzer römisch-germanischen zentralmuseum in ihrer presseerklärung vom 8. Juni 2009 mitteilte, handelt es sich eindeutig um schmuckstücke. zum einen, weil die höhle 30 km vom meer entfernt liegt, zum anderen weil „die mikroskopischen kratzer rund um die bohrlöcher, eindeutig von der reibung einer schnur stammen, auf der die muscheln aufgefädelt waren. einige muscheln waren schließlich auch mit ockerfarbe verziert." das alter des perlmuttschmucks datieren die forscher auf 110.000 jahre.

perlmutt und perlen waren also nach gesicherten erkenntnissen schon über 5000 generationen in gebrauch bevor man edelsteine bearbeiten oder fassen konnte und bevor metalle wie gold oder silber

als schmuck verwendung fanden. perlmutt und perlen waren mit dabei, als schmuck entstand – als der mensch sich aus dem tierreich absonderte und das bedürfnis sich zu schmücken als eines der ersten kulturellen elemente entstand. weder der diamant, noch andere edelsteine, noch edelmetalle spielten bei der geburt des schmucks eine rolle. sehr wohl aber perlmutt und perlen. diese sind also in der wurzel der schmuckkultur archetypisch verankert.

der „anorganische" schmuck, also minerale und metalle, tauchen erst in den letzten jahrtausenden der 120.000-jährigen schmuckgeschichte auf, also erst in den letzten 3–4%, während die „organischen" schmuckstücke, wie perlmutt, elfenbein, koralle, farbige baumsamen, ebenholz, blumen etc. von anbeginn dem menschlichen schmucktrieb ausdruck verliehen.

neben dem historischen aspekt dürfte noch eine andere komponente für die geheimnisvolle, unwiderstehliche anziehungskraft des perllüsters ausschlaggebend sein. perlschmuck ist in seinem ausdruck, seinen formen, seiner herkunft schon immer ein symbol der weiblichkeit und sinnlichkeit gewesen. so übernahmen die römer von den griechen das wort „margarita" für perle und dies ist gleichzeitig im lateinischen das wort für geliebte. in den meisten kulturen steht die perle, wenn auch mit unterschiedlicher bedeutung, für das weiche, das weibliche und für die schönheit. in der islamischen kultur stehen perlen für jungfräulichkeit. die assoziation von perle zu liebe und weiblichkeit besteht weltweit schon seit urzeiten. so drückt sich dieses element auch in den verschiedensten mythologien in der entstehungsgeschichte der perle aus.

gemäß der hindu-mythologie wurde die erste perle vor ca. 5000 jahren von gott krishna entdeckt, welcher diese seiner tochter am tag ihrer hochzeit schenkte. somit steht die perle in der indischen tradition als symbol für liebe, hochzeit und kinderreichtum.

laut der griechischen mythologie verwandelten sich die freudentränen der liebesgöttin aphrodite zu perlen.

in der römischen mythologie tauchte die liebesgöttin venus sogar selbst wie eine perle in einer muschel aus dem meer auf.

in polynesien besagt die legende, dass die perlmuschel den menschen als geschenk von gott oro gegeben wurde, dem gott des friedens und der fruchtbarkeit. eine andere legende besagt, er habe dieses geschenk auch aus liebe zu der schönen prinzessin der insel bora bora gemacht.

und was die mythologien ausdrücken, veranschaulichen die schönsten der schönen: nicht nur kleopatra war berühmt für ihre perlen. die legendäre schönheit der antike, die ägyptische königin nofretete, trug gelbliche perlen aus dem roten meer um ihre mocca-farbene haut voll zur geltung zu bringen. und die abbildungen der schon beinahe mythischen schönheit, der königin von saba, welche sich anscheinend ab und zu nur in perlen und edelsteine hüllte, sind ungezählt. die liste der berühmten schönheiten, die sich mit perlen schmückten, reicht bis ins jetzt. die berühmteste schönheit unserer zeit, prinzessin diana, konnte man in der öffentlichkeit fast nie ohne südsee- oder tahitiperlen sehen.

auch der glaube an die übernatürlichen kräfte der perle, wie auch an deren heilwirkung, finden wir flächendeckend in allen kulturen. die alchemisten schrieben den perlen die kraft der revitalisierung, einer stärkung der nerven und des herzens zu. außerdem klassifizierten sie die übernatürlichen kräfte nach den farbschattierungen der perlen. perlen mit gelbem lüster bringen reichtum. rosaroter lüster fördert intelligenz und bringt weisheit. die rein-weiße farbe fördert ruhm und ansehen, blaugrauer lüster bringt glück im leben.

in den arabischen kulturen werden perlen seit dem 8. jahrhundert als heilmittel und aphrodisiakum verwendet.

überall auf der welt wurden und werden perlen in cremes zur revitalisierung und verjüngung verwendet. kleopatra benutzte pulver aus zerriebenen kleinen perlen für ihre gesichtsmasken sowie für hals und dekolleté.

worin die magische verbindung der perle zu schönheit, weiblichkeit und liebe besteht, wird vielleicht nie ergründet werden.

die perle war in der vorgeschichtlichen zeit, in der antike und im mittelalter, die unangefochtene königin des schmucks. erst mit dem aufkommen des diamanten zu beginn der neuzeit bekam sie ernsthafte konkurrenz und musste spätestens mit dem song von marilyn monroe „diamonds are the girl's best friend" den diamanten als ebenbürtig akzeptieren. doch selbst marylin monroe bevorzugte ihre überlange akoya-zuchtperlkette vor jedem anderen schmuck.

aus der position einer 120.000-jährigen geschichte heraus, kann die perle als bildhafter ausdruck von sinnlichkeit und weiblichkeit sehr gelassen auf ihre konkurrenten blicken und den schmuckdiamanten mit seiner gerade nur 500-jährigen geschichte schon beinahe als modeerscheinung einstufen.

*wenn das ungewöhnliche zum klassiker wird
schlägt es jeden konkurrenten
und wirkt noch klassischer
als das herkömmliche*

*es hat lange gedauert, bis man die schönheit
im barocken element sehen konnte.*

*über jahrtausende waren unregelmäßigkeit und
sprunghaftigkeit von schicksal und natur
die bedrohung. geometrische perfektion und
regelmäßigkeit waren der fluchtpunkt aus dem alltag.*

*heute ist die regelmäßigkeit die regel. und so ist das
asymmetrische, das nichtvorhandensein einer struktur,
das erfrischende element, welches uns aufatmen lässt.*

naturperlen

naturperlen sind, ohne menschliches zutun, von selbst entstandene perlen. meist ist es eine irritation in der muschel (z.b. ein stückchen abgebrochene muschelschale), welche von den perlmuttbildenden zellen der muschel ummantelt wird. dieser vorgang findet normalerweise zwischen schale und muschelfleisch statt. denn hier sind die perlmuttbildenden zellen angesiedelt, die ja dazu da sind, die schalen zu produzieren.

zuchtperlen sind ein landwirtschaftliches produkt, oder besser gesagt ein wasserwirtschaftliches produkt, wobei die perlen durch einpflanzen von perlmuttbildendem gewebe in die muschel entstehen. im falle von meeres-zuchtperlen werden in der regel ein perlmuttkern und ein stückchen perlmuttbildendes gewebe in die keimdrüse der muschel eingesetzt. die perle wird also anatomisch gesehen an einer ganz anderen stelle produziert als die naturperle. bei süßwasser-zuchtperlen werden meistens mehrere stückchen perlmuttbildendes gewebe, ohne perlmuttkern, zwischen muschelschale und muschelfleisch eingesetzt. hier findet die bildung der perle also an derselben stelle statt wie bei den naturperlen.

bis zur erfindung (oder besser: bis zur wiederentdeckung) der perlzucht anfang des letzten jahrhunderts, gab es nur naturperlen. von den uns bekannten ca. 3000 austernarten produzieren überhaupt nur 200 arten perlen. und von solch einer perlen-produzierenden austernart musste man etwa 10.000 bis 15.000 austern auftauchen und öffnen, um eine natürlich gewachsene perle zu finden. und auch diese perle war dann meistens keine schöne, große, runde perle. in den allermeisten fällen handelt es sich dabei um eine kleine verschrumpelte barocke perle.

das perlentauchen war also eine aufwendige angelegenheit. um die schatztruhen der antiken königshäuser zu füllen, mussten millionen und abermillionen von muscheln aufgetaucht werden. entsprechend wertvoll waren schöne, große, regelmäßige perlen.

naturperlen waren bis 1929, bis zur großen wirtschaftskrise, hoch begehrt. ab 1929 knickten die nachfrage und der preis von naturperlen ein. die tatsache, dass zuchtperlen aufkamen, die optisch von naturperlen kaum zu unterscheiden waren, kombiniert mit dem umstand, dass in der wirtschaftskrise viele mitglieder der high society finanziell angespannt waren, ließ die nachfrage nach teuren perlen dramatisch sinken.

zwei kleine anekdoten, eine vor der wirtschaftskrise 1929 und eine, die sich nach 1929 abspielte, zeigen den prestige- und wertverfall der naturperlen in den 30er-jahren.

maisie plant, eine reiche new yorkerin, besuchte 1916 den damals eher schlichten „salon of french haute jeweler jacques cartier". dort war eine exklusive doppelreihige perlenkette ausgestellt, welche mit 1,2 millionen dollar ausgepreist war (man bedenke, dass ein dollar 1916 einen ganz anderen wert hatte als heute). die kette bestand aus 128 perfekten orientperlen. maisie plant beschwor ihren mann, den bankier morton plant, ihr die kette zu kaufen. doch dieser weigerte sich. maisie plant akzeptierte das nein ihres mannes nicht und ging zu cartier zurück mit einem vorschlag: sie würde ihr sechsstöckiges renaissance-haus an der ecke der fifth-avenue und der 52nd street gegen die perlenkette tauschen. cartier akzeptierte. maisie plant trug die perlenkette zu jedem gesellschaftlichen anlass und war überzeugt davon, dass sie den besseren deal gemacht hatte. cartier zog 1917 in das besagte haus um. die jetzige „cartier mansion", ecke 5th avenue, 52nd street ist heute eine der teuersten immobilien weltweit.

die geschichte der perle „la peregrina", eine der berühmtesten perlen der welt, zeigt welchen wert naturperlen in der späten nachkriegszeit hatten.

die geschichte der „la peregrina" begann zu beginn des 16. jahrhunderts, als ein sklave sie an der westküste panamas entdeckte. die perle war in größe und form wie ein ei und war eine der perfektesten und feinsten perlen, die es je gab. der sklave erkaufte sich mit der perle seine freiheit. die perle landete bei dem forscher balboa, der diese dem spanischen könig fernandes V. schenkte. eine generation später bekam mary tudor, tochter des englischen königs henry VIII., die perle zur hochzeit von ihrem bräutigam, dem könig philip II. von spanien. nach dem tode von mary tudor, kaufte joseph bonaparte, der bruder von napoleon I., die perle. dann wanderte die perle durch eine reihe von königshäusern – unter anderem königin margarita von spanien, napoleon III. von frankreich, königin victoria von england.

1969 wurde die berühmte perle von sothebys in london versteigert. richard burton erwarb sie für gerade mal 37.000 $ und schenkte sie seiner frau elizabeth taylor zum valentinstag. diese beauftragte cartier damit, ihr mit der perle ein collier zu bauen. als sie das collier bekam, tanzte sie vor freude durch ihre ganze wohnung. dabei verlor sie die perle, welche sich aus der fassung gelöst hatte. mrs. taylor war schockiert und suchte barfuß ihre komplette wohnung ab. die perle fand sich nicht. verzweifelt versuchte sich mrs. taylor abzulenken, indem sie ihren beiden pekinesen etwas zu essen gab. dabei bemerkte sie, dass einer ihrer kleinen hunde auf etwas herumkaute: auf der perle.

die geschichte zeigt eindringlich, welchen sturz an ansehen und wert die naturperlen in der ersten hälfte des vorigen jahrhunderts vollzogen. eine perle, welche die konkurrenz der beiden mächtigsten reiche der beginnenden neuzeit, englands und spaniens, in atem hielt, wird für läppische 37.000 dollar versteigert, von cartier derart verarbeitet, dass sie beim ersten tragen aus der fassung fällt, und landet schlussendlich im maul des pekinesen einer filmdiva. die nachkriegszeit war wohl der absolute tiefpunkt der karriere der naturperle.

perlen hatten, mit dem aufkommen der zuchtperlen, welche sich von naturperlen rein optisch kaum unterschieden, ihre funktion als statussymbol verloren. heute ist der wert von naturperlen dagegen wieder stark im steigen.

die laut schätzungen wertvollste und gleichzeitig größte existierende naturperle ist die „perle allahs". obwohl die perle eher porzellanartig wirkt, ist sie in den letzten jahren auf astronomische werte geschätzt worden. 1982 z.b. wurde sie vom san franscisco gem lab auf 40 millionen dollar geschätzt. die perle wiegt 6,4 kg und hat einen durchmesser von 24 cm. um diese perle ranken sich etliche sagen und gerüchte. unzweifelhaft scheint zu sein, dass die perle im mai 1934 von einem muslimtaucher vor der insel palawan auf den philippinen in einer etwa 80 kg schweren riesenmuschel gefunden wurde. der amerikaner wilbum cobb versuchte, die perle vom stammeshäuptling der insel zu kaufen – doch vergebens. als 1939 der sohn des clanchefs mit malaria im sterben lag, rettete der amerikaner diesem das leben und bekam angeblich als dank dafür die perle geschenkt. wilbum cobb brachte die perle nach amerika und besaß sie bis zu seinem tode 1979. zehn jahre vor seinem tode veröffentlichte er eine völlig andere entstehungsgeschichte. danach existierte die perle schon seit über 2500 jahren und geht in ihrer entstehung auf lao tse zurück. im besitz der kaiserlichen familie, wurde die wertvolle perle angeblich in kriegszeiten zu ihrer sicherheit außer landes geschafft. doch sei das schiff, welches sie transportierte, in einem sturm vor den philippinen gesunken. nun sei die perle wieder gefunden worden. diese geschichte trug der perle auch ihren zweiten namen ein: perle von lao tse.

nach dem tode wilbum cobbs kauften peter hoffmann und victor barbish die perle aus dessen nachlass. später belieh victor barbish die perle und verpfändete seine anteile an einen gewissen bonicelli.

zu dem schillernden potpourri der geschichte der perle gehört noch die information, dass sich osama bin laden angeblich für die perle interessiert habe.

zwei auftragsmorde spielen auch noch eine rolle: nach dem tode bonicellis erbte zunächst seine tochter aus zweiter ehe die teilrechte an der perle. nachdem die ermittlungen der polizei jedoch ergaben, dass die ermordung von bonicellis erster frau, sowie einer weiteren frau, auf das konto von bonicelli selbst gingen, sprach ein geschworenengericht im jahre 2005 die teilrechte an der perle den kindern von bonicellis ermordeten ersten ehefrau zu. laut gerichtsbeschluss sollte die perle verkauft werden, doch ist dies bis heute nicht geschehen. die gerichtsverhandlungen über die größte perle der welt laufen immer noch.

die älteste bekannte naturperle ist die japanische „jomon-perle". ihr alter wird auf 5500 jahre geschätzt. sie ist benannt nach der geschichtlichen epoche in japan, der jomon-epoche, welche von 10.000 bis 300 vor christus andauerte. die datierung des alters der perle wurde auf grund verschiedener indizien ermittelt, wie z.b. dem fundort.

nachdem das tauchen nach naturperlen anfang des letzten jahrhunderts aufgegeben wurde, kommen keine neuen naturperlen mehr auf den markt. der alte bestand wird langsam weniger, und je seltener naturperlen werden, um so interessanter werden sie für sammler und investoren. die meisten liebhaber von naturperlen sitzen im mittleren osten: dubai, oman, kuwait, katar. hier bieten reiche perlliebhaber inzwischen wieder unsummen für die seltenen juwelen des meeres. vor 10 oder 15 jahren waren die kataloge der großen auktionshäuser noch gut gefüllt mit antikem perlschmuck. heute sieht man auf den auktionen immer seltener wirklich schöne naturperlen. der handel damit läuft kaum noch über den freien markt ab. es gibt einen sehr kleinen kreis von aufkäufern und einen relativ klar definierten kreis von käufern. juweliere, auktionshäuser und perlhändler sind in den umschlag von naturperlen nur noch selten verwickelt. und so ziehen sich die naturperlen langsam von der bühne des öffentlichen lebens zurück, welche sie so viele jahrtausende beherrschten.

die perle strukturiert ihren eigenen markt um. während sie über jahrtausende als naturperle einen großen teil ihrer kraft aus der rolle als prestigeobjekt und statussymbol bezog, aus der unerreichbarkeit für normal sterbliche, so wendet sie sich jetzt als zuchtperle allen bevölkerungsschichten zu und bezieht ihre kraft einzig und allein aus ihrer schönheit, ihrer perfektion, der aufkommenden vielfalt in art, farbe, form und verarbeitung – eine entwicklung, die man eigentlich nur begrüßen kann. die naturperlen bleiben als randerscheinung im markt, werden aber von der masse der menschen kaum noch wahrgenommen.

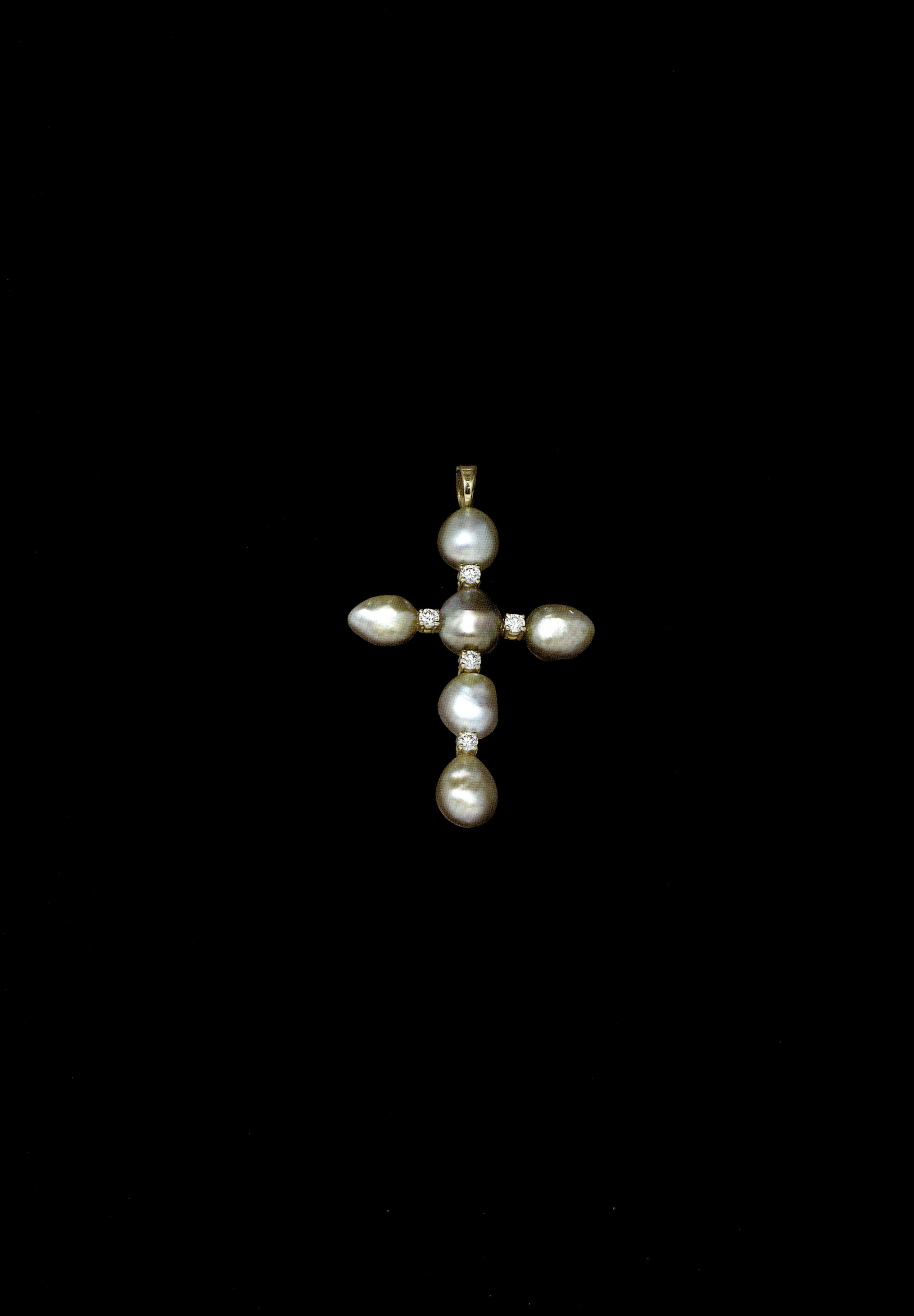

die akoya-zuchtperle

das aufkommen der perlzucht in japan anfang des letzten jahrhunderts war kein zufall. es war eine logische konsequenz aus den politischen, gesellschaftlichen und wirtschaftlichen veränderungen der zeit. entgegen der allgemeinen meinung gab es perlzucht schon in sehr früher zeit. es gibt dokumente, die das betreiben von perlzucht in der arabischen welt schon in der vorchristlichen zeit belegen. auch in china wurden in der antike bleifiguren in austern eingebracht, welche diese dann mit perlmutt beschichteten. in japan wurden im biwasee schon in der taisho-zeit mit süßwassermuscheln perlen gezüchtet. warum aber verfielen diese gewerbe und wurden nicht weiter betrieben? warum gerieten die damaligen techniken in vergessenheit?

perlen waren in der antike statussymbole der könige. sie waren nicht für die massen der menschen gedacht. entsprechend benötigte man auch keine massen an perlen. außerdem gab es seinerzeit noch genügend perlbänke, von denen man naturperlen auftauchen konnte. der bedarf an einer perlzucht war also sehr begrenzt.

gegen ende des 19. jahrhunderts und anfang des 20. jahrhunderts verschwanden die königshäuser und mit ihnen die benötigten königlichen statussymbole wie die naturperlen. gleichzeitig entstand ein großer bedarf an perlmutt als rohstoff. für die knopfverarbeitende industrie, aber auch für die verarbeitung zu gebrauchsgegenständen wie messer und pistoleneinlagen, akkordeongriffen, kämmen usw. die große nachfrage führte zu einer so hemmungslosen ausbeute fast aller damals bekannten austernbänke, dass die meisten von ihnen sich nicht mehr regenerieren konnten und komplett verschwanden. england importierte damals ca. 6000 tonnen perlmutt pro jahr. auch andere europäische länder hatten große perlmuttverarbeitende betriebe. österreich beschäftigte damals 8000 arbeiter in der perlmutt-verarbeitenden industrie. die bekanntesten und ergiebigsten muschelbänke waren an den küsten indiens, persiens, saudi arabiens, dem roten meer, ceylon und an der ostküste afrikas. von all diesen war gegen ende des letzten jahrhunderts nicht mehr viel übrig.

mit dem verschwinden der austernbänke verschwanden auch die naturperlen. sowohl die grundlage ihrer erzeugung als auch ihr markt waren zusammengebrochen.

nun war platz für etwas neues. der neue markt, der nach der perle rief, waren nicht mehr die wenigen adeligen, sondern die millionen von normalen bürgern der aufkommenden demokratien. es gab einen markt für unendliche mengen an perlen zu erschwinglichen preisen. da man auf keine austernbänke mehr zugreifen konnte, um die nachfrage zu decken, lag es nahe, dass man versuchte die perlen in riesigen künstlichen austernbänken, den perlfarmen, zu züchten.

versuche hierzu wurden vermutlich zu beginn des letzten jahrhunderts an vielen küsten unternommen. doch der durchbruch gelang zwei japanern, die zeitgleich 1904 die noch heutige verfahrensweise der perlzucht entdeckten: toisuhei misu und nishikawa. sehr viel berühmter als die beiden jedoch wurde der landsmann mikimoto (1858 – 1954), den man heute den vater der perlzucht nennt. unter anleitung eines professors aus tokyo, gelang es ihm 1905 dank einer speziellen einpflanztechnik die erste runde perle zu ernten. 1916 bekam mikimoto das patent des erfinders der perlzucht.

mikimotos verdienst war nicht nur das vorantreiben der technik der perlzucht. er war auch der bedeutendste perlfarmer und die treibende kraft der japanischen perlindustrie. 1951 hatte er mehr als 20 millionen austern in seiner perlfarm.

die moderne perlzucht entstand also in japan und blieb auch für fast ein halbes jahrhundert auf japan beschränkt. so waren alle zuchtperlen, welche in der ersten hälfte des letzten jahrhunderts die weltmärkte versorgten japanische akoya-zuchtperlen. der name akoya ist die japanische bezeichnung für die perlauster, die in den japanischen gewässern vorkommt. der lateinische name ist: pinctada martensi; der japanische name akoya (japanisch ako = mein kind, ya = zeigt die zuneigung).
die japanischen inseln eignen sich hervorragend zur perlzucht. der einzige nachteil ist, dass die dort heimischen perlaustern, die „pinctada martensi" und die „pinctada fucata", nicht sehr groß sind, und die zuchtperlen deswegen eine maximale größe von ungefähr 10 mm besitzen. die aus japan kommenden akoya-zuchtperlstränge variieren üblicherweise in ihrer größe zwischen 5 mm bis 9 mm. 9,5 mm ist schon selten, 10 mm sehr selten, 11 mm eine ausnahme.
der lüster des perlmutts entsteht einerseits dadurch, dass das material des perlmutts, das aragonit, eine gewisse transparenz hat. andererseits entsteht der lüster durch die schichtung des aragonits. die perlmuttbildenden zellen sondern schicht um schicht aragonit ab, mit welchem sie den eingepflanzten perlmuttkern ummanteln. je feiner die schichten sind, um so besser der lüster. bei einer gut beschichteten perle (z.b. eine dick beschichtete südsee-zuchtperle) hat die auster bis zu 1000 schichten von perlmutt um den eingepflanzten permuttkern aufgebaut. je dünner und feiner diese schichten sind, um so besser der lüster und der glanz der perle. die wachstumsgeschwindigkeit des perlmutts, also die dicke der schichten, hängt großteils von der wassertemperatur ab. bei warmen wassertemperaturen wächst das perlmutt sehr schnell, bei kalten temperaturen sehr langsam. da die wassertemperaturen in japan sehr viel kälter sind als in den meisten anderen gegenden, in denen perlzucht betrieben wird, ist der lüster der japanischen akoya-zuchtperle im allgemeinen der beste von allen zuchtperlarten.
die dicke der beschichtung des eingepflanzten perlmuttkerns hängt davon ab, wie lange man der auster zeit gibt, ihre perle aufzubauen. das minimum bei akoya-zuchtperlen liegt bei etwa drei monaten. bei solch einer kurzen beschichtungszeit ist die perlmutthülle so dünn, dass sie sich bald abträgt oder auch abplatzen kann. eine beschichtungsdauer von einem jahr ist schon ganz ordentlich, eine zweijährige beschichtungsdauer wäre hervorragend.

die akoya-zuchtperle übernahm den kompletten markt von beginn bis mitte des 20. jahrhunderts. ab 1950 begannen dann andere potenzielle perlzuchtgebiete die methode der japaner zu kopieren und vor allem china begann, den japanern konkurrenz mit der gleichen perlzuchtart zu machen. in australien begannen zeitgleich die ersten zuchterfolge mit südsee-zuchtperlen. wenig später fing man in französisch-polynesien an, die tahiti-zuchtperle zu entwickeln. als dann in den 80er- und 90er-jahren die chinesische süßwasser-zuchtperle, eine optisch nicht so schlechte kopie der akoya-zuchtperle, zu einem bruchteil des preises auf den markt brachte, war es um die vormachtstellung der akoya-zuchtperle geschehen. es gab viel größere und teurere perlen als die akoya (die südsee-zuchtperle), es gab farbenfrohere perlen (die tahiti-zuchtperle), es gab billigere perlen (die chinesischen süßwasser-zuchtperlen). der markt für die akoya-perle wurde immer dünner und die akoya-zuchtperle wurde an den rand des marktes gedrängt.

der japanische perlhandel und die perlverarbeitende industrie haben sich deswegen inzwischen schon mehr auf südsee- und tahiti-zuchtperlen spezialisiert als auf ihre japan-eigenen perlprodukte. 2006 exportierte japan perlen im wert von 221 millionen euro. davon waren 59,3 % südsee- und tahiti-zuchtperlen und nur noch 37,7 % akoya-zuchtperlen. weltweit macht der marktanteil der akoya-zuchtperlen zurzeit weniger als 5 % aus.

obwohl der perlmarkt mit seiner vielfalt an größen, formen und farben die akoya-zuchtperle in eine nebenrolle gedrängt hat, so bleibt doch unumstritten, dass der lüster der akoya, aufgrund der kalten japanischen gewässer, mit der beste von allen perlen ist. der trumpf der akoya-zuchtperle ist nicht die größe, nicht die fancyvolle farbe oder die ausgefallene form. es ist die schlichte klassische perfektion in der runden perle mit dem besten lüster. heutzutage, in der die perlwelt bunt und schrill geworden ist, hat die akoya in ihrer schlichtheit, perfektion und qualität schon wieder etwas besonderes. war die akoya-zuchtperle noch vor 20 jahren ein produkt für die masse, so ist sie heute eher wieder etwas exklusives. die kombination von einfachheit und topqualität hat eine klasse, die gegen den trend steht und tiefe und selbständigkeit ausdrückt.

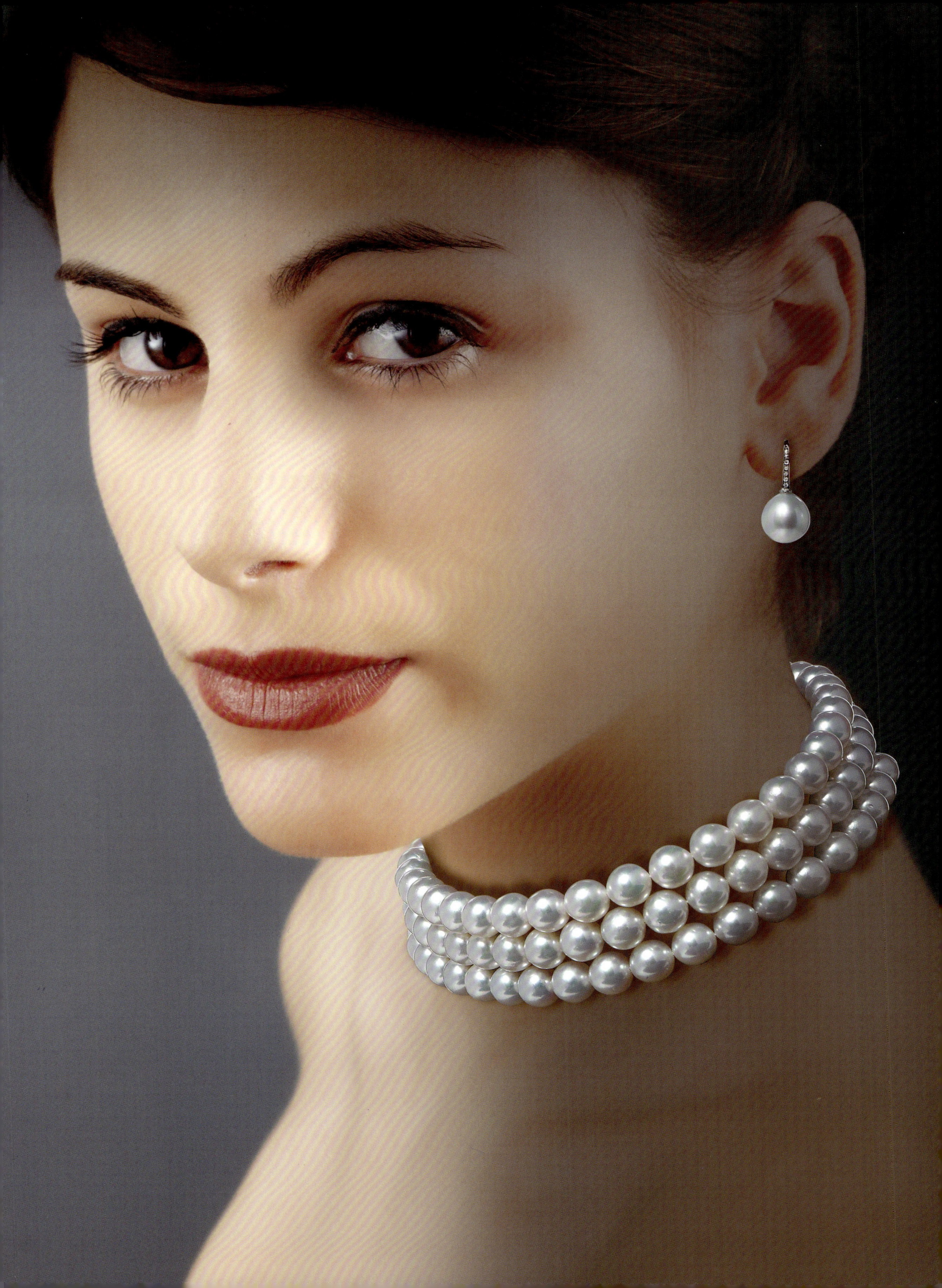

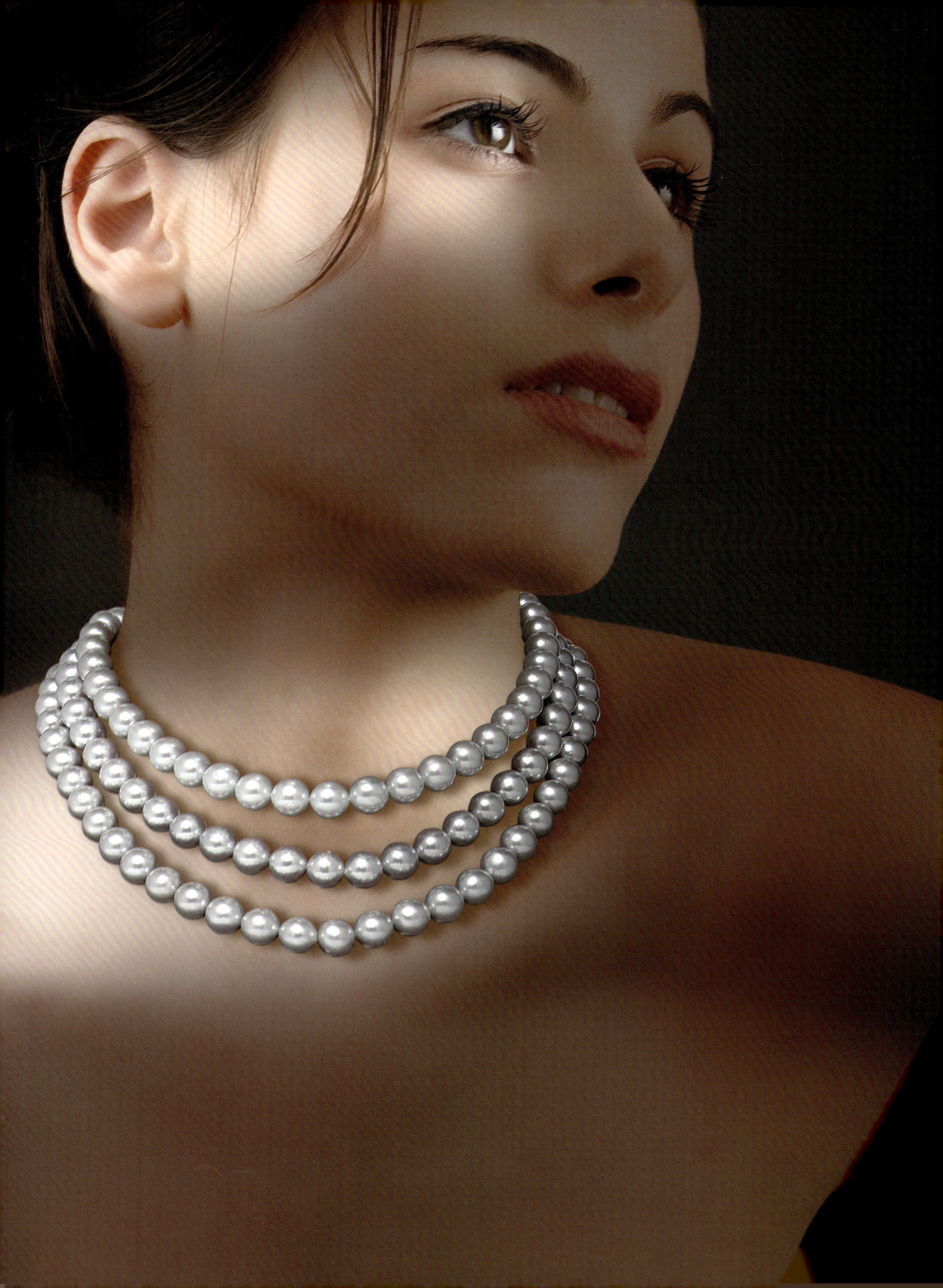

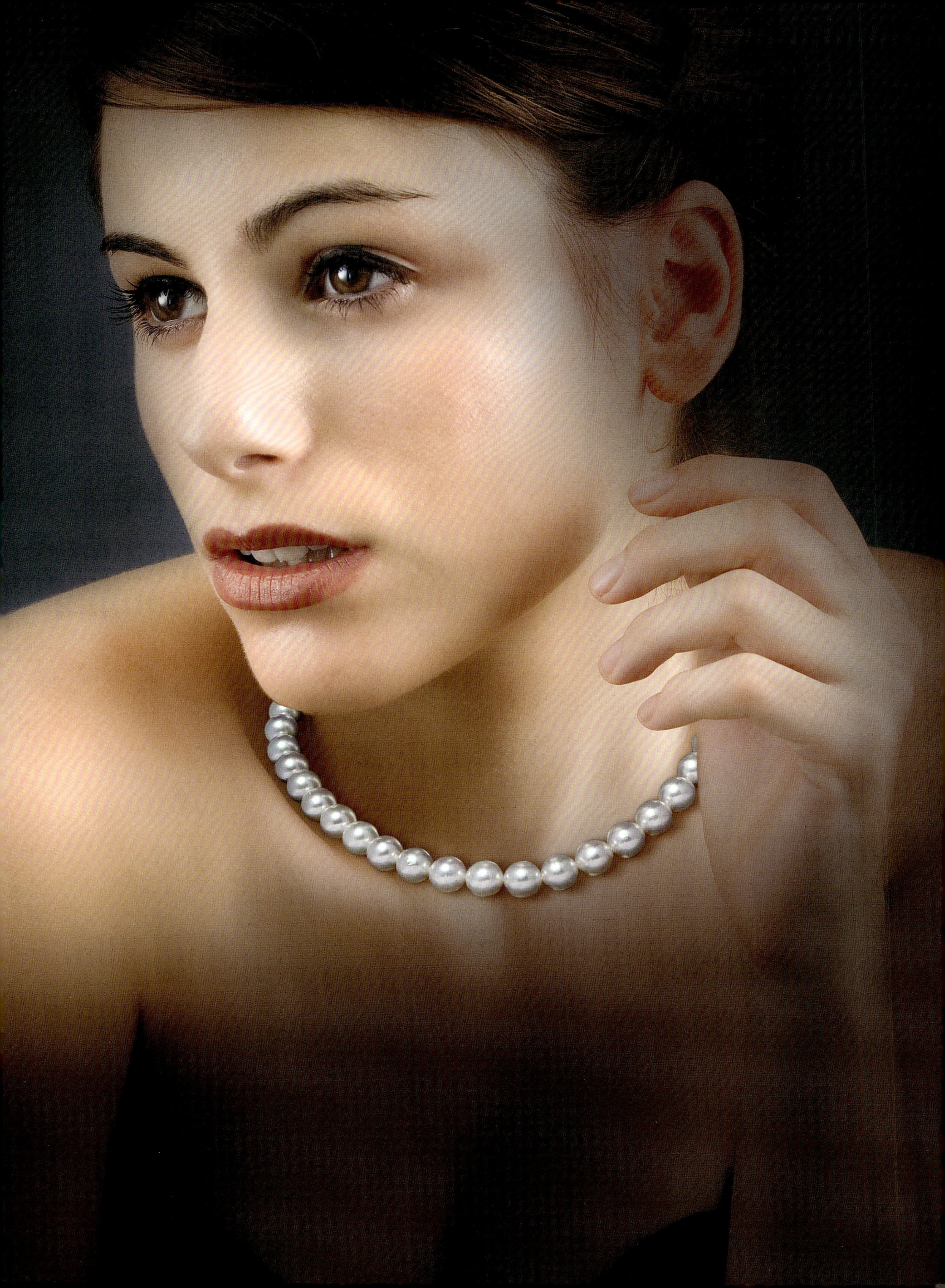

über uns

alles begann im januar 1980 mit einem handschlaggeschäft in zürich, bei dem für 10.000 dm eine kleine diamantschleiferei in südindien den besitzer wechselte. ein schweizer diamantschleifer hatte seine pläne aufgegeben, in indien eine schleiferei aufzubauen und wollte aus dem fehlgeschlagenen projekt noch retten, was zu retten war. der deal umfasste zwei verlassene schleifmaschinen, ein paar schleifzangen, dops und sonstiges kleingerät, welche im indischen pondicherry vor sich hinrosteten. im preis inbegriffen war auch ein schnellkurs im diamantschleifen, welcher dann in der züricher schleiferei des schweizers, am renommierten bahnhofsquai, stattfand.

der käufer war kein wirklicher geschäftsmann. diamanten hatte er noch nie aus der nähe gesehen, und seine absicht war es nicht, in der schmuckbranche fuß zu fassen. er war ein abenteurer aus dem bayrischen wald, dessen große liebe die philosophie war und deren spuren ihn nach indien führten, dem land der veden und upanischaden.

die verlassene schleiferei war nur als einstieg in den ausstieg gedacht, als mittel zum überleben in der ferne. eine rückkehr nach deutschland war nicht geplant.

doch dann kam alles ganz anders. 15 jahre später waren aus den zwei schleifmaschinen über 100 geworden und die einst schon abgeschriebene schleiferei produzierte mehr als 1000 brillanten pro tag. der aussteiger war wieder in deutschland und die firma „diamantschleiferei michael bonke" ist bis heute noch die einzige deutsche firma, welche in eigener produktionsstätte im großen stil diamanten schleift.

obwohl somit die eigentliche wurzel unserer firma das schleifen von diamanten ist, haben sich andere geschäftsbereiche hinzugesellt: die produktion von juwelenschmuck, fabrikation von goldmosaik und vor allem das geschäft mit perlen.

1990 kam unsere firma zum ersten mal in kontakt mit perlen. ein befreundeter „diamantär" an der antwerpener diamantbörse hatte perlen als sicherheit für diamantlieferungen an einen athener nobeljuwelier im wert von über eine million dollar erhalten. nicht viel später meldete der griechische juwelier konkurs an. da unser belgischer börsenfreund kaum direkten kontakt zu juwelieren hatte, übergab er uns die perlen zur verwertung.

der intensive umgang mit den „tränen des meeres" erweckte bald eine begeisterung für die schönheit, schlichte noblesse und den weichen, unwiderstehlichen charme von perlen. und so kam es, dass noch bevor die letzte kette aus der konkursware verkauft war, schon das ticket nach japan gebucht war, um den weltweit größten akoya-perlproduzenten in der japanischen perlmetropole – kobe – zu besuchen.

der normale perlgroßhändler muss, um seine kunden zu halten, ein riesiges lager an allem und jedem haben, was der juwelier oder goldschmied an perlen gerade mal so braucht. er muss vertreter laufen haben, muss werbung machen, den juwelieren kommissionsware zur verfügung stellen, usw. kurzum: er braucht eine riesige infrastruktur, um seine perlen an den mann zu bringen. alles das schlägt sich natürlich in seiner kalkulation nieder.

wir wollten den spieß umdrehen: unsere juweliere und goldschmiede sind sowieso mit uns verbunden, da sie unsere diamanten kaufen. wir brauchen auf die perlen keine messekosten, keine vertreterprovisionen oder sonstige umlagen für den erhalt einer infrastruktur aufschlagen. und so war unser konzept, die beim diamantgroßhandel übliche, viel kleinere, gewinnspanne auch bei den perlen anzuwenden und, ohne irgendwelche extrakosten, die perlen so zu handeln als wären es diamanten.

eine firma, die tausend diamanten pro tag schleift, ist es gewohnt, große summen geldes in die hand zu nehmen, wenn es um den wareneinkauf geht. als wir nun in kobe als neulig vom deutschen markt auftauchten und ganz gezielt nur wenige artikel, diese aber in riesigen mengen und mit vorauskasse einkauften, waren uns sofort tür und tor geöffnet. für die perlproduzenten war dies eine erfrischende abwechslung. so erhielten wir von anfang an sehr gute preise und konnten manchmal unsere perlen an den deutschen juwelier zum gleichen preis verkaufen, wie andere perlimporteure diese einkauften.

die branche stand kopf und der ärger und argwohn unserer konkurrenten war uns natürlich gewiss.

dann kam die zeit, als prinzessin diana auf jedem zweiten titelblatt der illustrierten erschien, und in fast allen fällen südsee-zuchtperlen oder tahiti-zuchtperlen trug. die großen weißen zuchtperlen aus australien eroberten den europäischen markt und drängten die japanischen akoya-zuchtperlen an das ende der wunschliste europäischer frauen.

der perlexport von südsee-zuchtperlen aus australien läuft ganz anders ab, als der einkauf von japanischen akoya-zuchtperlen. es gibt in australien nur wenige perlfarmen bzw. firmen, welche perlfarmen unterhalten. diese wenigen wiederum sind fast alle an zwei große kartelle angegliedert: entweder an die griechische familie pasparley oder an die italienische familie autore. die einzelnen perlfarmen erhalten von diesen großen aufkäufern meist die geschätzte ernte schon im voraus finanziert und liefern dann einfach alles ab, was geerntet wird. wenn die ernte gegen ende des australischen winters (und hiesigen sommers) auf die sortiertische kommt, werden dann riesige mengen perlen in auktionen in sydney oder hongkong verkauft. diese auktionen laufen nicht nach dem üblichen prinzip einer auktion ab. nur wenige zahlungskräftige firmen werden eingeladen. die auktion läuft meistens über zwei, drei tage, an denen die bieter einzeln oder in ganz kleinen gruppen nach und nach in einen raum gebracht werden, wo in großen plastik-containern die einzelnen „lots" (jeweils etwa 5000 bis 10.000 lose perlen) liegen. die container sind mit nummern bezeichnet, und die einzelnen käufer entscheiden sich, welche lots für sie interessant sind. dann gibt jeder käufer einen umschlag ab, in dem er die lots bezeichnet, die er haben möchte und schreibt auf, wie viel er dafür bietet. nach drei tagen werden die umschläge geöffnet und die lots auf die meistbietenden verteilt.

die bieter auf diesen auktionen sind vornehmlich japanische perlfirmen, die die perlen dann sortieren, bohren und zu strängen verarbeiten. da die perlen bei kalten wassertemperaturen den feinsten lüster entwickeln, werden sie nur im winter geerntet und kommen deswegen auch nur einmal im jahr auf den markt. entsprechend groß ist die anspannung der einkäufer. wenn sie leer ausgehen, kann das bedeuten, dass sie ein jahr lang keine ware zu verkaufen haben. sie sind also gezwungen bei sehr viel mehr lots zu bieten, als sie eigentlich brauchen, und müssen mindestens so viel ansetzen, dass sie mit sicherheit bei dem einen oder anderen lot den zuschlag bekommen.

bieten sie aber zu hoch, dann bekommen sie den zuschlag für mehr ware als sie verkraften können, und sind zudem nicht mehr konkurrenzfähig, weil sie im einkauf zu viel bezahlt haben. – ein perfides spiel, bei dem die anspannung den bietern ins gesicht geschrieben ist.

die großen perlfirmen, die auf diesen auktionen einkaufen (meist japaner), verarbeiten die originallots zu ketten, pärchen oder armbändern und verkaufen diese dann weiter an europäische oder amerikanische perl-importeure.

bei diesem sehr anstrengenden system der verdeckten auktionen haben wir von anfang an nicht mitgemacht. trotzdem wollten wir natürlich original-lots kaufen und diese selber verarbeiten, um den aufschlag japanischer verarbeiter zu vermeiden. über einen bruder des autore-clan-chefs rosario, gelang es uns schließlich das normale system zu umgehen, und von einer perlfarm im äußersten westen australiens größere mengen an zuchtperlen zu erzeugerpreisen einzukaufen.

die jahre von 1990 bis 2000 waren wohl für alle perlenhändler in europa die goldgräberjahre. ganz europa befand sich im südsee-perlrausch. man konnte gar nicht genug ware einkaufen. unser bester kunde war damals ein teppichhändler aus graz. er verkaufte die südsee-zuchtperlketten gleich in 20er-packs nach teheran, wo sie anscheinend reißenden absatz fanden.

kaum hatte die südsee-zuchtperlwelle an fahrt aufgenommen, da kam ein neues element hinzu: die schwarze tahiti-zuchtperle. bill reads, einer der pioniere der perlzucht, hatte zusammen mit einem partner auf bora bora in französisch-polynesien eine perlfarm begonnen und wurde, als sich das pilotprojekt als riesiger erfolg herausstellte, natürlich sofort kopiert. ausländische und einheimische perlfarmer schossen wie pilze aus dem „meeres"-boden, und gegen ende der 90er-jahre gab es insgesamt 2000 perlfarmen auf den inselgruppen um tahiti. die tahiti-zuchtperlen mit ihrem schwarzen bis platingrauen perlmutt, welches auch in vielen farbschattierungen vorkommt, war eine enorme bereicherung der perlwelt. bis dato waren perlen immer nur weiß gewesen. auf einmal gab es schwarze, graue, pfauenfarben-schillernde perlen! die neue perle wurde begeistert aufgenommen und fand bald einen festen und stabilen platz im schmuckkonzept europäischer frauen.

ungleich der australischen südsee-zuchtperle, werden die zuchtperlen in tahiti über das ganze jahr verteilt geerntet, da die wassertemperatur hier kaum schwankt.

sobald die ersten schwarzen perlen in deutschland auftauchten, war unsere firma sofort mit dabei. der perleneinkauf auf tahiti wurde für uns durch die fantastische natur und die bezaubernde umgebung zu einem der schönsten arbeitserlebnisse, und ist dies auch noch heute.

ein paar jahre später drängte schon eine weitere neuerscheinung auf den markt. china, welches sich dem westen voll öffnete, produzierte auf einmal unmengen von süßwasser-zuchtperlen und warf diese für spottpreise auf den weltmarkt. der unterschied in der produktion zwischen meeres-zucht-

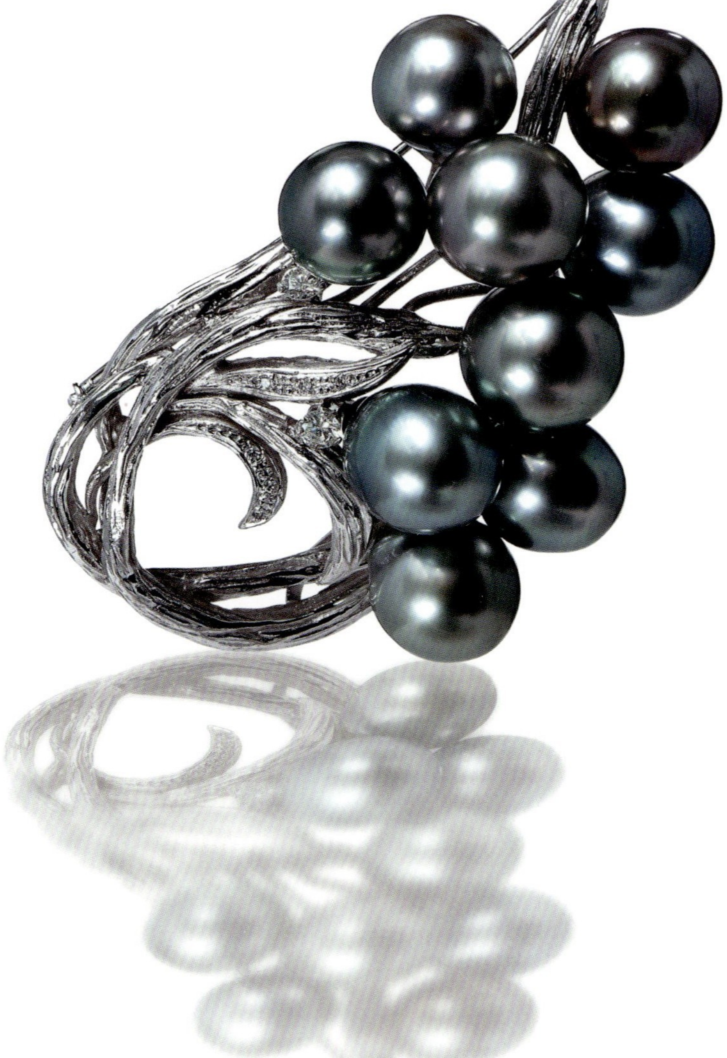

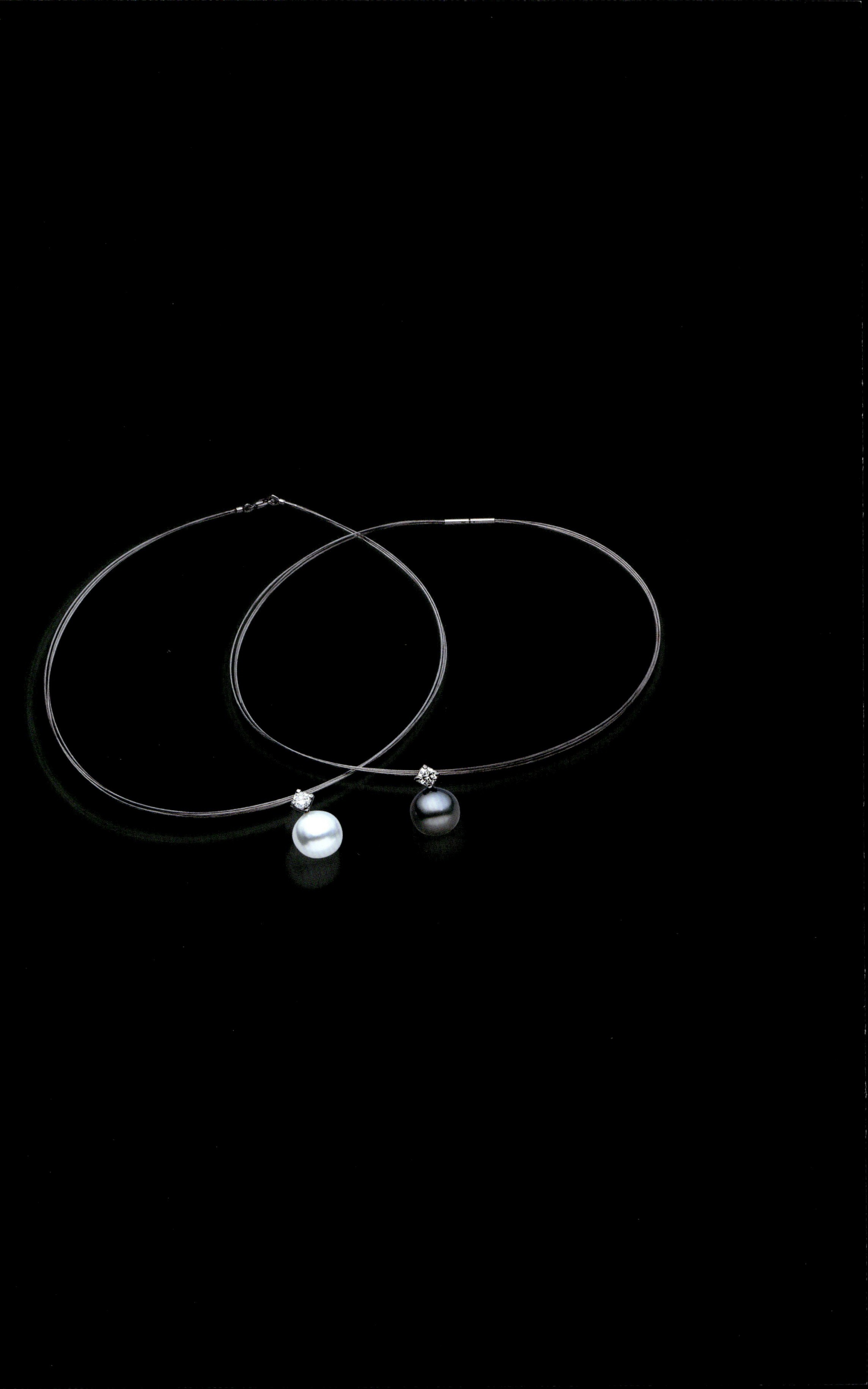

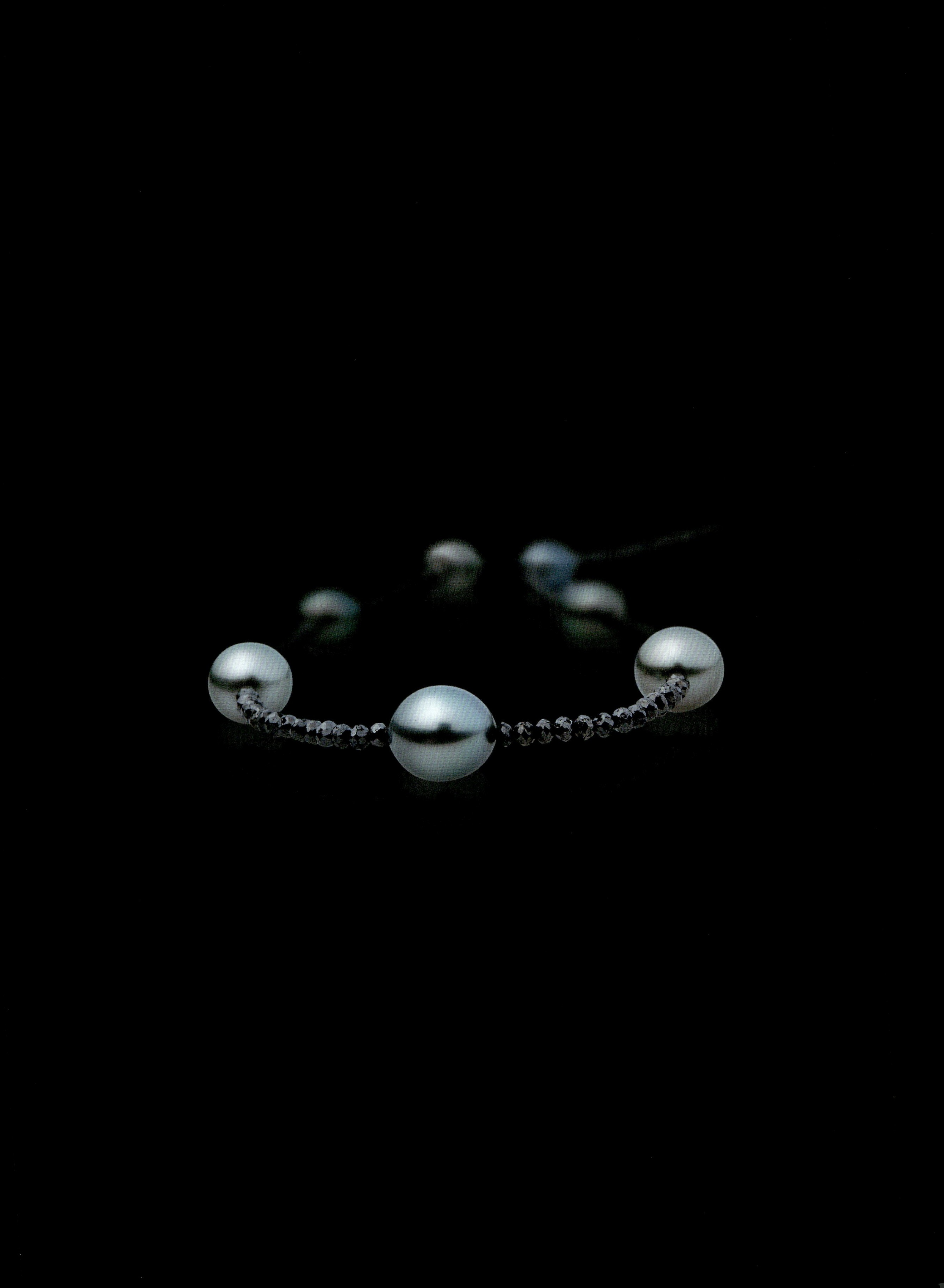

perlen und süßwasser-zuchtperlen ist nicht nur, dass die einen im meer und die anderen in süßwasserteichen gezüchtet werden. der unterschied liegt vor allem auch in der qualität des perlmutts und dem arbeitsaufwand. bei den meeres-zuchtperlen wird der muschel immer nur ein einzelner kern mit perlmuttbildendem gewebe eingepflanzt. die auster bildet nur eine perle aus. bei den süßwasser-zuchtperlen werden der muschel gar keine perlmuttkerne eingepflanzt, sondern nur 20 bis 30 stückchen perlmuttbildendes gewebe. eine muschel bildet 20 bis 30 perlen aus. der arbeitsaufwand, die muscheln zu betreuen, ist ebenfalls sehr unterschiedlich. die meeres-austern müssen alle paar wochen gereinigt, gedreht und gewaschen werden. die süßwasser-muscheln werden einmal, etwa sechs wochen nach bestückung mit perlmuttbildendem gewebe, inspiziert. danach werden sie mehrere jahre sich selbst überlassen und erst zur ernte wieder in die hand genommen. die süßwasser-zuchtperle ist also viel, viel billiger. das perlmutt der meeres-zuchtperle ist dagegen aber auch deutlich hochwertiger – sowohl in beständigkeit als auch im lüster der perle.

die süßwasser-zuchtperle eroberte den markt von ihrer ganz eigenen seite: über den niedrigen preis. jenes segment von kunden, welches sich südsee-zuchtperlen nicht leisten konnte oder wollte, hatten nun auch die möglichkeit, mit einer perlenkette zu glänzen.

die produktion und der verkauf von süßwasser-zuchtperlen nahm kurz nach der jahrtausendwende gigantische ausmaße an und ist momentan allerdings schon wieder etwas auf dem rückzug. als wir das erste mal nach china zum einkauf von süßwasser-zuchtperlen flogen, besuchten wir die größte perlproduzierende firma chinas, etwa vier autostunden westlich von shanghai entfernt. wir kamen aus dem staunen nicht mehr raus: die halbe provinz, ein gebiet etwa halb so groß wie die bundesrepublik, produziert dort perlen. die gegend hat einen lehmigen untergrund, in der das regenwasser nicht absickern kann und in dem sich tausende von kleinen seen und tümpeln bilden. in fast allen dieser teiche, selbst in den straßengräben neben autobahnen, landstraßen oder feldwegen, werden perlen gezüchtet. als wir in die produktionshallen der perlfirma kamen, dachten wir erst, wir seien in lagerhallen für baustoffe gelandet: eine halle neben der anderen war gefüllt mit säcken von perlen. die firma produziert täglich über 1,7 tonnen perlen.

die süßwasser-zuchtperlen sind von natur aus rosa, lavendel-farben oder gräulich. die weißen süßwasser-zuchtperlen sind durch bleiche und erhitzen weiß gefärbt. dieses verfahren führt allerdings dazu, dass der lüster meist nach ein paar jahren nachlässt. die naturfarbenen rosa süßwasser-zuchtperlen sind sehr viel beständiger in lüster und struktur. eine meeres-zuchtperle ist auch nach 100 jahren noch perfekt, wenn sie richtig behandelt wurde. eine weiße, gebleichte süßwasser-zuchtperle hat nach solch einer zeit kaum noch glanz oder lüster. da die süßwasser-zuchtperlen meist kein wirklich hochwertiges produkt sind, konzentrieren wir uns lieber auf die meeres-zuchtperlen.

es gibt aber auch perlen aus der süßwasser-produktion, welche seltene und erlesene farben, formen oder oberflächeneffekte hervorgebracht haben. man kann den sektor nicht pauschal verwerfen. die naturfarbenen rosa perlen z.b. sind beständig und bieten eine perfekte ergänzung für multicolour perlketten.

die größte veränderung des perlmarktes, was unsere firma betrifft, kam 1996 mit dem aufkommen der perlen aus dem roten meer. eines tages kam ein anruf von nino autore, dem bruder des perlmagnaten rosario autore, ob wir interesse hätten, eine neue perlenart aus dem sudan exklusiv zu vermarkten. der „nachteil" an dieser perle sei, dass ihre grundfarbe grünlich sei.

eine meeres-zuchtperle mit grünlicher grundfarbe! das war der knüller! weder nino noch sonst jemand aus der reihe der inhaber der neuen perlfarm hatten zu diesem zeitpunkt erkannt, dass dies kein nachteil, sondern ein enormer vorteil für die perle war. und ob wir interessiert waren! noch am gleichen nachmittag ging der flieger nach dubai, wo wir die erste ernte der neuen farm in augenschein nehmen konnten. die perle übertraf alle erwartungen: der lüster war von einer unübertroffenen schönheit und die farbenvielfalt der neuen zuchtperlenart war umwerfend: von platingrau bis pistazienfarben, goldgelb bis elfenbeinfarben, von bronzefarben bis weißlich-rosa. nino warnte uns eindringlich, ob wir uns auch sicher seien. die finanziellen verpflichtungen aus einem exklusivvertrag würden doch erhebliche dimensionen annehmen! man plante, innerhalb von fünf jahren die produktion auf über 100.000 perlen pro ernte auszuweiten und dann sukzessive weiter zu steigern. die dimension der abmachung war zwar etwas schwindelerregend, doch die perle selbst war so überzeugend, dass wir keinen moment an dem erfolg des projektes zweifelten: wir sagten zu.

doch wie vermarktet man ein völlig neues produkt, welches niemand kennt? zunächst braucht man einen namen für die neue zuchtperlart. da sie nicht aus der südsee kam, konnten wir sie ja schlecht als südsee-zuchtperlen verkaufen. genausowenig als tahiti-zuchtperlen, obwohl die austernart der neuen perle eng mit der in tahiti vorkommenden perlauster verwandt ist. wir tauften sie: „orient-zuchtperle". immerhin kam sie aus dem orient.

unsere kunden waren allesamt begeistert von der neuen perle mit dem außergewöhnlichen lüster und der völlig neuen farbe. die nachricht von der neuen perle machte schnell die runde, und nur tage nach dem erscheinen eines artikels in der süddeutschen zeitung über eine grünwalder goldschmiede, in welcher die neue zuchtperle namentlich erwähnt wurde, hatten wir die erste abmahnung im haus. natürlich war unsere konkurrenz, die anderen deutschen perlimporteure, auf unsere neuerscheinung aufmerksam geworden. und einigen, uns nicht so wohlgesonnenen, konkurrenten war ebenfalls nicht entgangen, dass wir einen namen für unser produkt benutzten, welches von der „cibjo" nicht genehmigt war. die cibjo ist die weltorganisation welche für diamanten, edelsteine und perlen die nomenklatur festlegt und deren einhaltung überwacht. der dachverband deutscher perlimporteure ist mitglied der cibjo und somit sind alle perlgroßhändler, die in diesem dachverband organisiert sind, an die regeln der cibjo gebunden.

uns direkt zu verklagen, wagte keiner unserer konkurrenten. stattdessen setzte man die organisation zur bekämpfung des unlauteren wettbewerbs auf uns an, welche unter androhung hoher strafen forderte, dass wir sofort den verkauf der neuen zuchtperle unter dem namen „orient-zuchtperle" einstellen sollten. begründung: der name widerspricht den richtlinien der cibjo, welche besagen, dass perlen nur unter den im „blue-book" genehmigten handelsbezeichnungen verkauft werden dürfen. da unsere perle aber bei der cibjo nicht mit einer eigenen handelsbezeichnung registriert war, konnten wir sie also laut regeln der cibjo überhaupt nicht verkaufen. unsere konkurrenten rieben sich

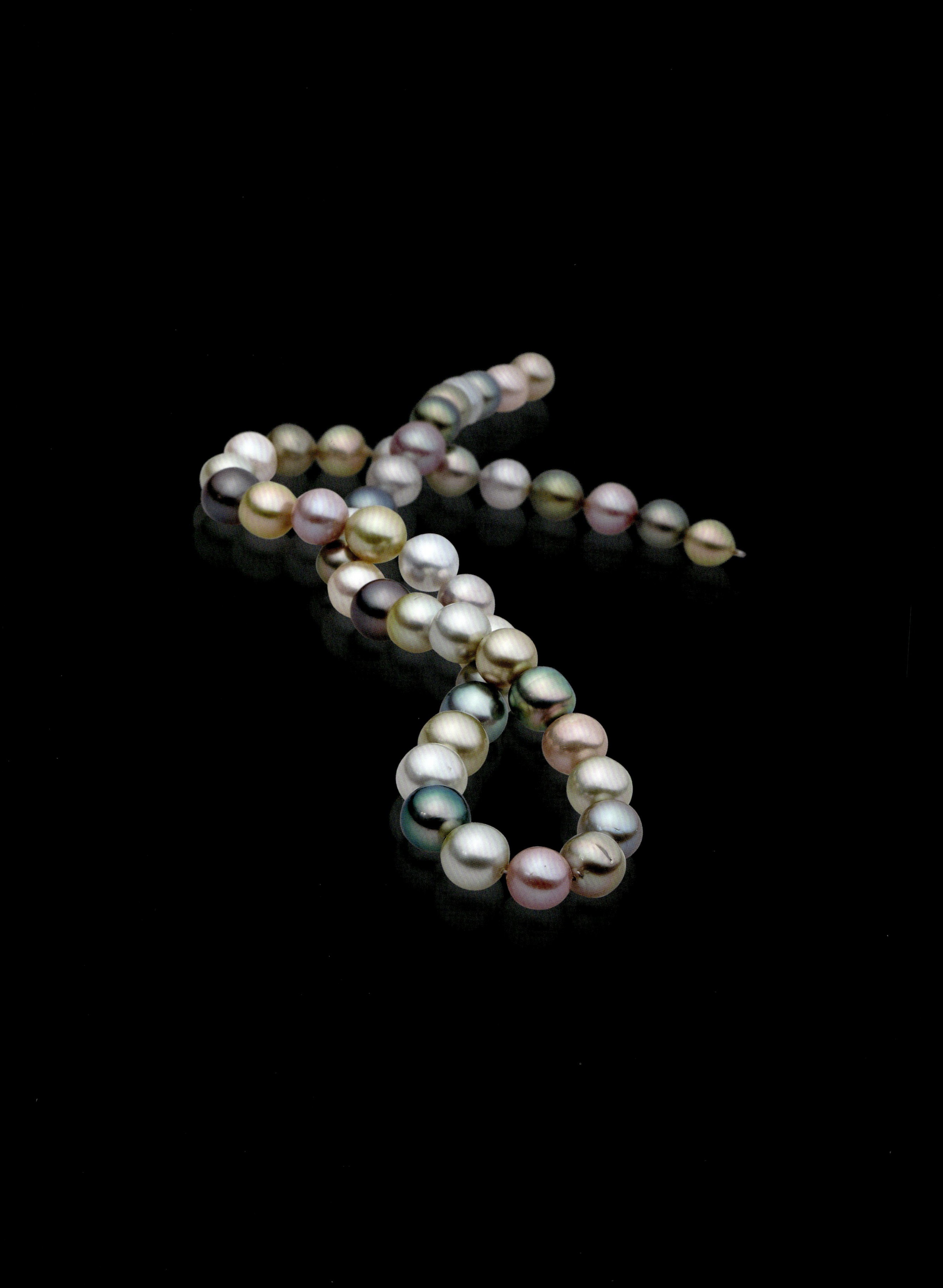

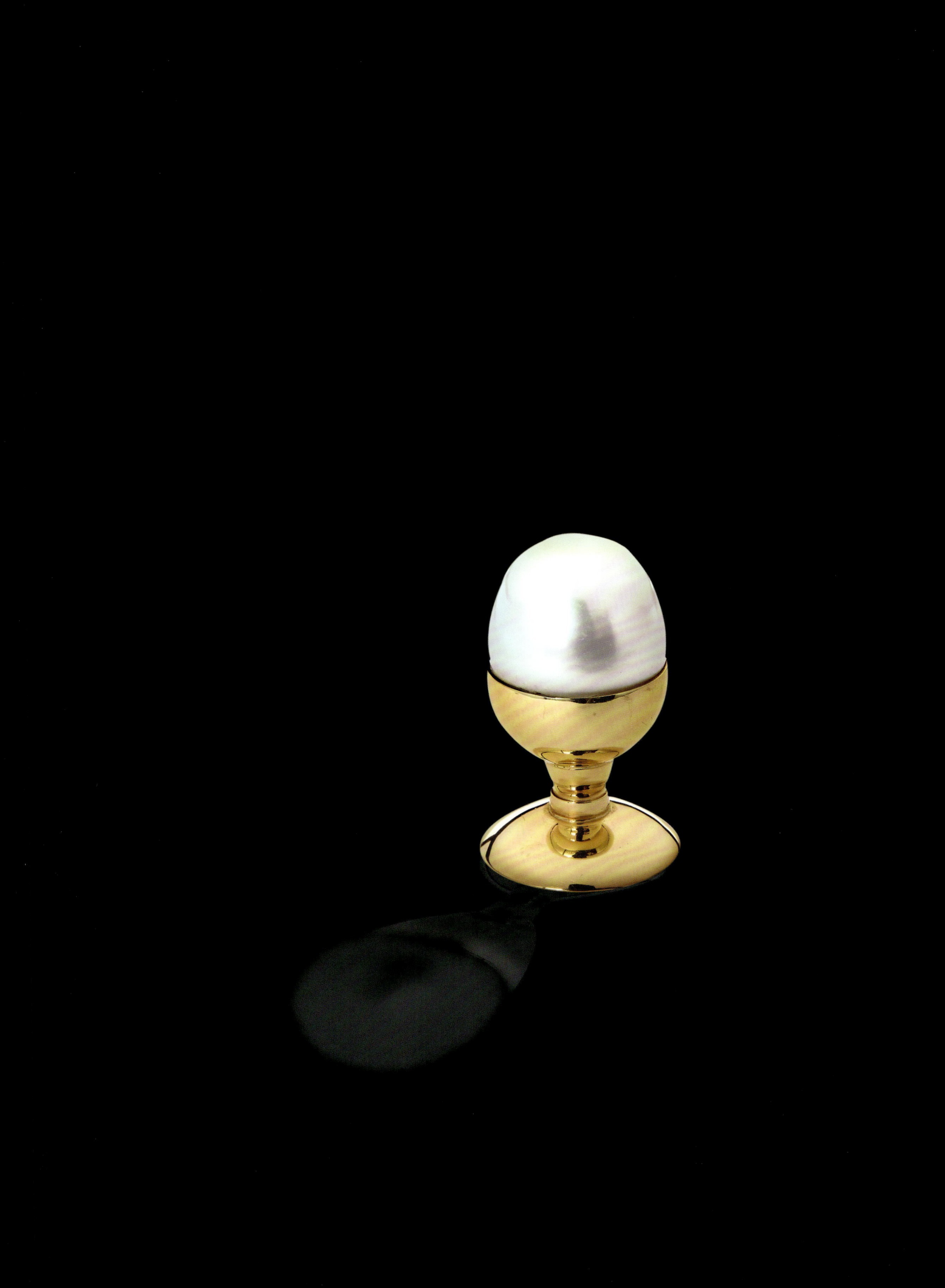

schadenfroh die hände. doch sie hatten sich zu früh gefreut! wir drohten nun unsererseits der cibjo mit einem verfahren am europäischen gerichtshof, dass ihre bestimmungen den verkauf eines neuen produktes nicht zulassen, und somit laut geltender bestimmungen jede neue zuchtperlart gar nicht verkauft werden kann. nach einigem hin und her lenkte die cibjo schließlich ein und erkannte auf dem weltkongress der cibjo in paris, im märz 2001, die neue zuchtperlart als eigenständige meeres-zucht-perlart, neben den akoya-, südsee- und tahiti-zuchtperlen an. sie erteilten dieser gattung den namen: „redsea cultured pearl". damit wurde die neue zuchtperle aus dem roten meer offiziell die vierte allgemein bekannte meeres-zuchtperlart, nach der akoya-, der südsee- und der tahiti-zuchtperle. für uns war das wie ein sechser im lotto! wir waren jetzt die einzige perlhandelsfirma weltweit, welche alle vier bekannten meeres-zuchtperlarten verkaufte.

die neue perle aus der kleinen perlfarm in der bucht von dongonab hatte es zu weltruhm gebracht! sothebys versteigerte eine grüne redsea-zuchtperlenkette in amsterdam zu einem absoluten rekordpreis. gemmologische institute aus den umliegenden europäischen ländern forderten muster der neuen zuchtperle bei uns an, und anfragen von überall her überhäuften uns.

wir hätten ein vielfaches der perlen verkaufen können, die wir aus dem roten meer bezogen.

die reaktion der anderen deutschen perlgroßhändler war unterschiedlich: einige fragten ganz normal an, ob sie uns eine kette als muster abkaufen können, sie wollten wenigstens mal eine gesehen haben. ein internationaler perlkonzern kaufte uns all unsere keshis ab, die wir in überproportionaler menge bei unseren perlernten hatten. andere perlhändler starteten noch einen letzten versuch, uns kleinzukriegen. und so bot einer der größten deutschen perlimporteure den investoren der perlfarm viel geld, wenn sie uns die vermarktung der neuen zuchtperle wieder wegnähmen und sie ihm übertrügen.

in den kommenden jahren war zunächst eine steigerung der produktion vorhanden, doch schon bald wurde klar, dass die entwicklung der perlfarm weit hinter den ursprünglichen vorgaben zurückbleiben würde. verantwortlich hierfür waren vor allem die politischen verhältnisse im sudan. die lage dort wurde mit dem bürgerkrieg im süden und in dafur, im westen, so unbeständig, dass die investoren angst hatten frisches kapital nachzuschießen, welches für einen ausbau der produktion notwendig gewesen wäre. die perlzucht ist eine langwierige sache. erst sechs jahre nach dem anlegen einer neuen brut kann man die ersten perlen ernten. unter zehn jahren braucht man sich daher keine früchte seiner investitionen erwarten. das islamistische regime des sudans gab kaum große hoffnungen, dass sich die lage im sudan stabilisieren würde. eher im gegenteil. in den gegenden südlich des sudans, an der gleichen küste des roten meeres, brach alles zusammen; so wie beispielsweise in somalia, wo nur noch anarchie und piraterie herrschen. auch im sudan häuften sich enteignungen von ausländischen investoren. auch machen es handelssanktionen gegenüber dem sudan immer schwieriger, die perlen überhaupt aus dem land zu bekommen.

sollte sich die politische lage im sudan ändern und sich eine gewisse investitionssicherheit ergeben, dann kann das projekt redsea-perle zu einer fantastischen dimension heranreifen. das potential dafür ist vorhanden. doch bis dahin müssen wir uns wohl mit einer jährlichen ernte von ein paar tausend perlen begnügen, welche wir für unsere stammkunden, viele davon in der schweiz, reservieren.

ob mit perlen aus dem roten meer, aus tahiti oder australien, aus japan oder china, der perlenhandel ist für uns keine standardarbeit. wir betreiben ihn, weil es uns fasziniert, nicht weil wir damit geld verdienen müssen. die perlzuchtgebiete sind von der natur her die schönsten gegenden der welt, und die einkaufsreisen dorthin sind eine bereicherung, für die wir gar nicht dankbar genug sein können. wenn man seine liebe für die perlen erstmal entdeckt hat, dann ist es eine der spannendsten und faszinierendsten aktivitäten, im ursprungsland ein original-lot perlen einzukaufen, es dann in deutschland auszugraduieren, ketten zusammenzustellen, zu bohren und schließlich das ergebnis einer perlernte vor sich zu haben und zu bewerten.

für uns ist die perle immer noch kein alltag. sie war von anfang an abenteuer und liebe zugleich. in gewisser weise sind wir spieler. spieler mit einem der schönsten materialien, die es gibt, und mit einer permanenten glückssträhne.

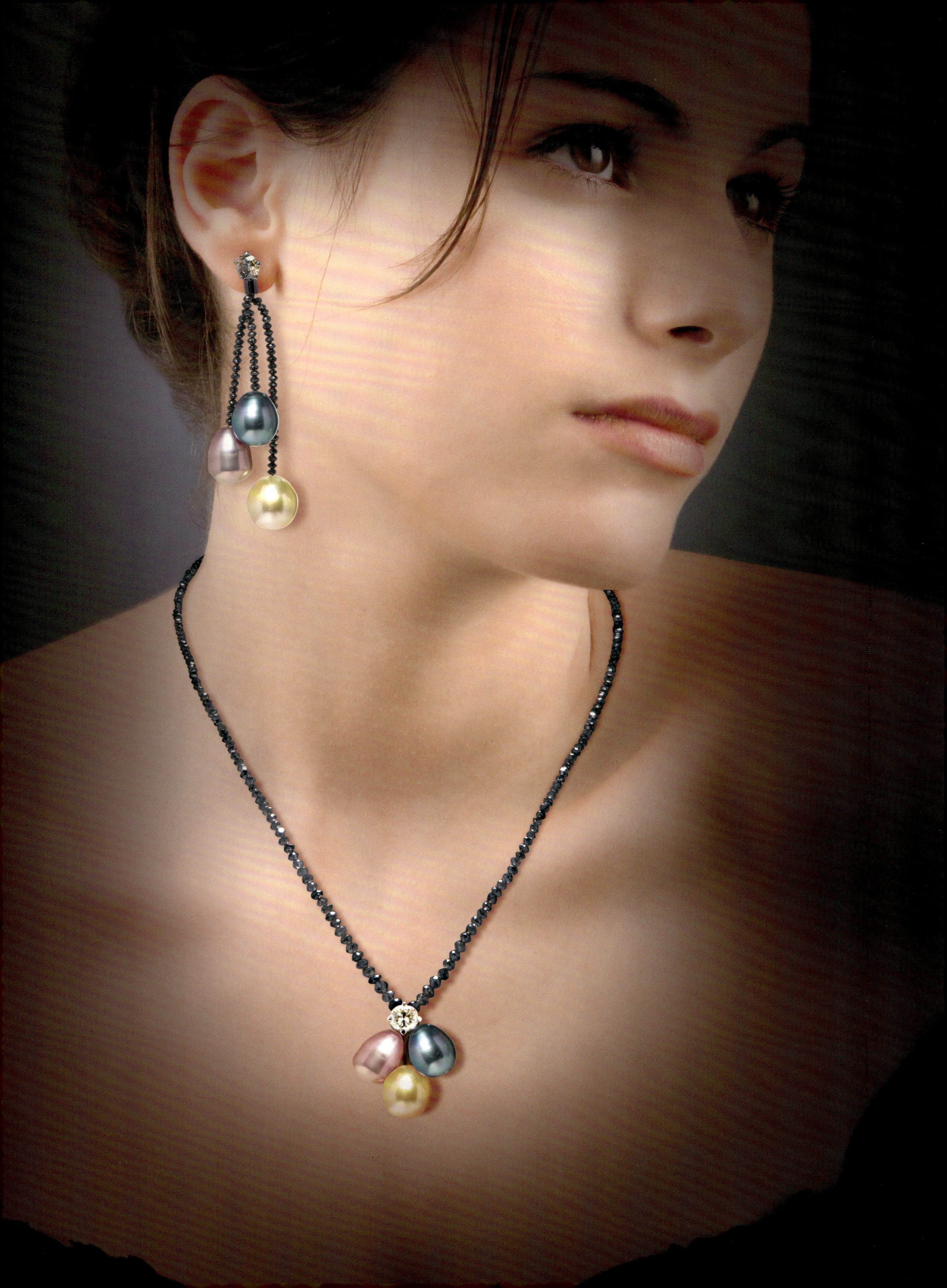

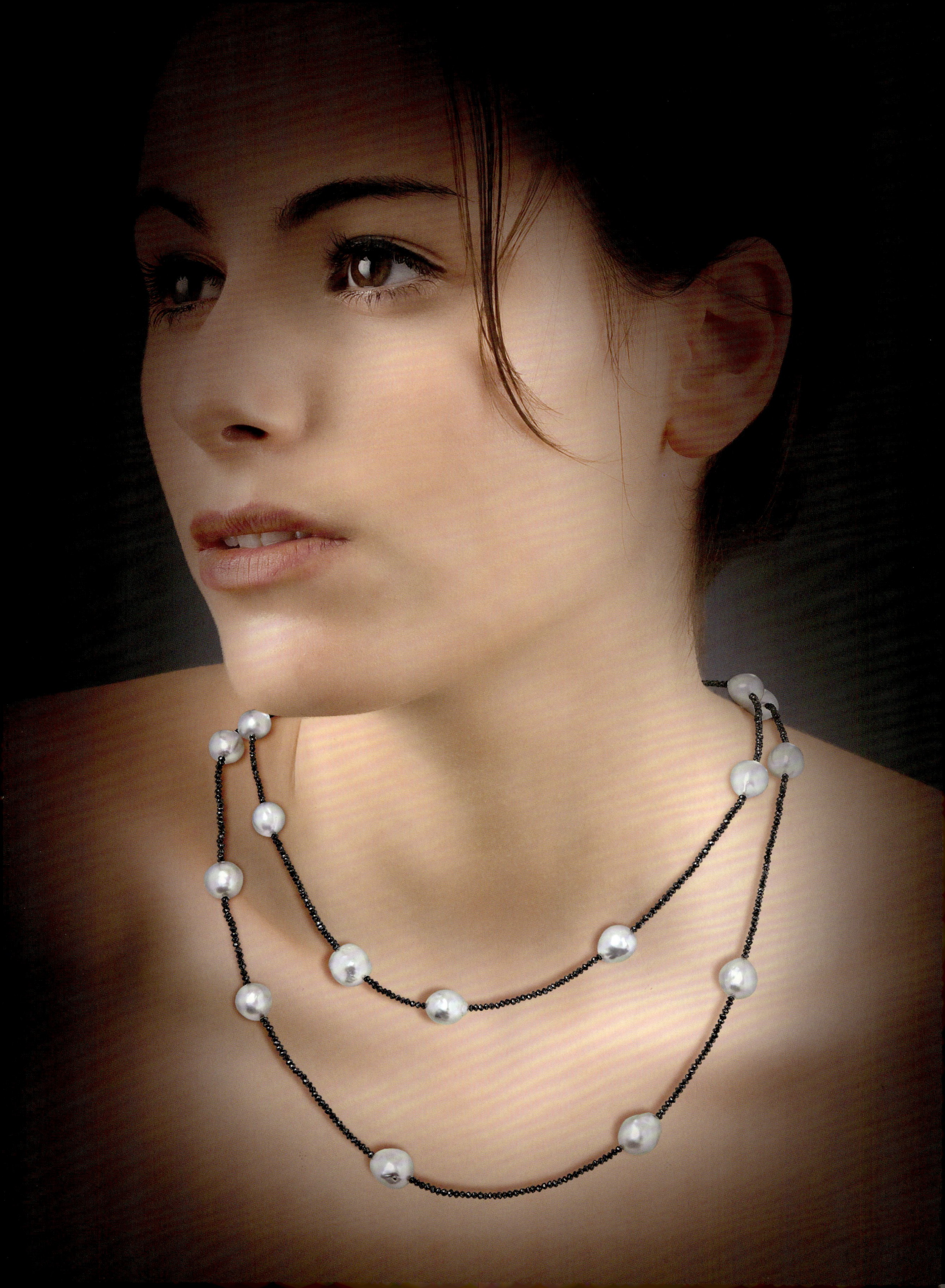

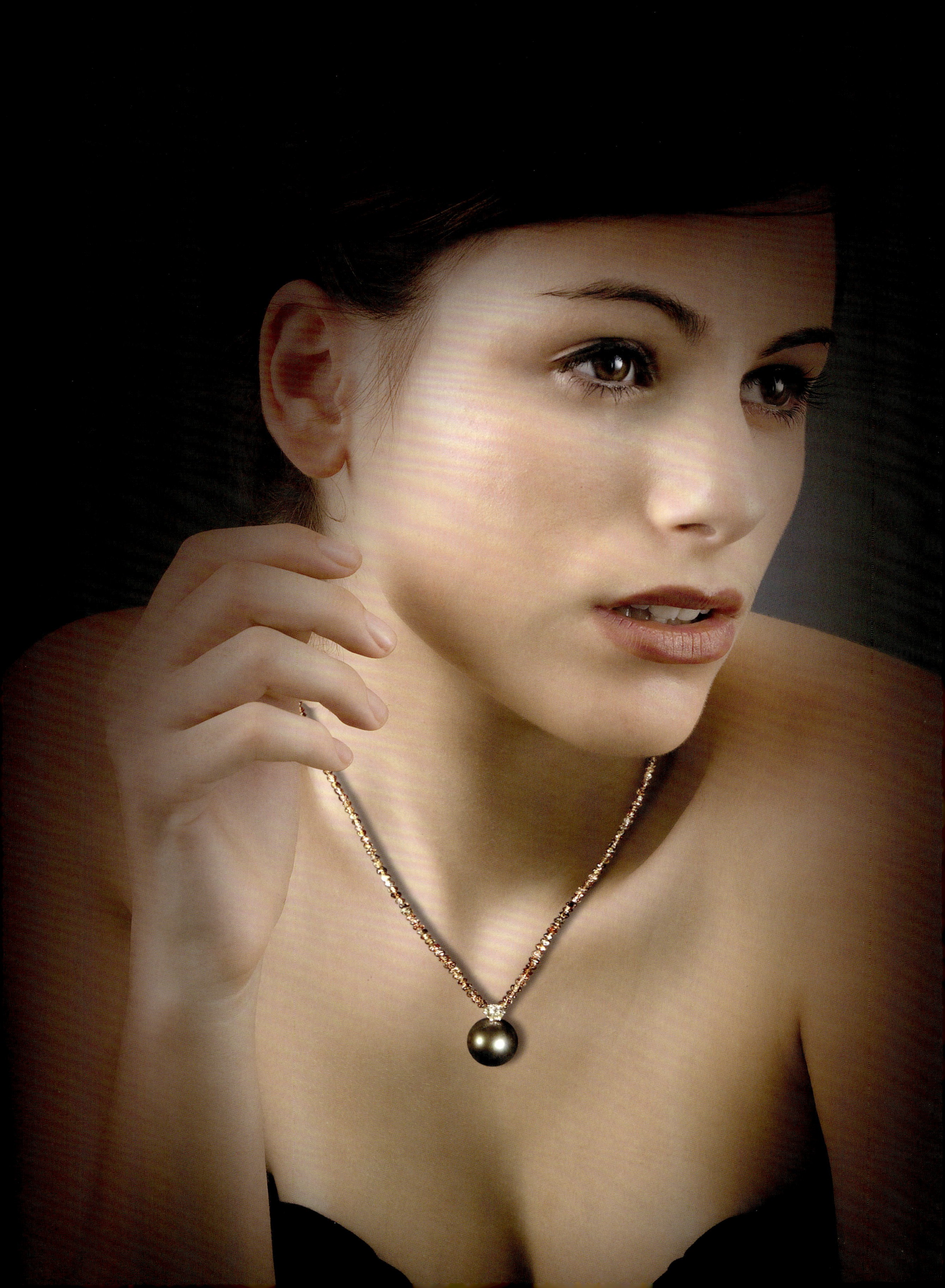

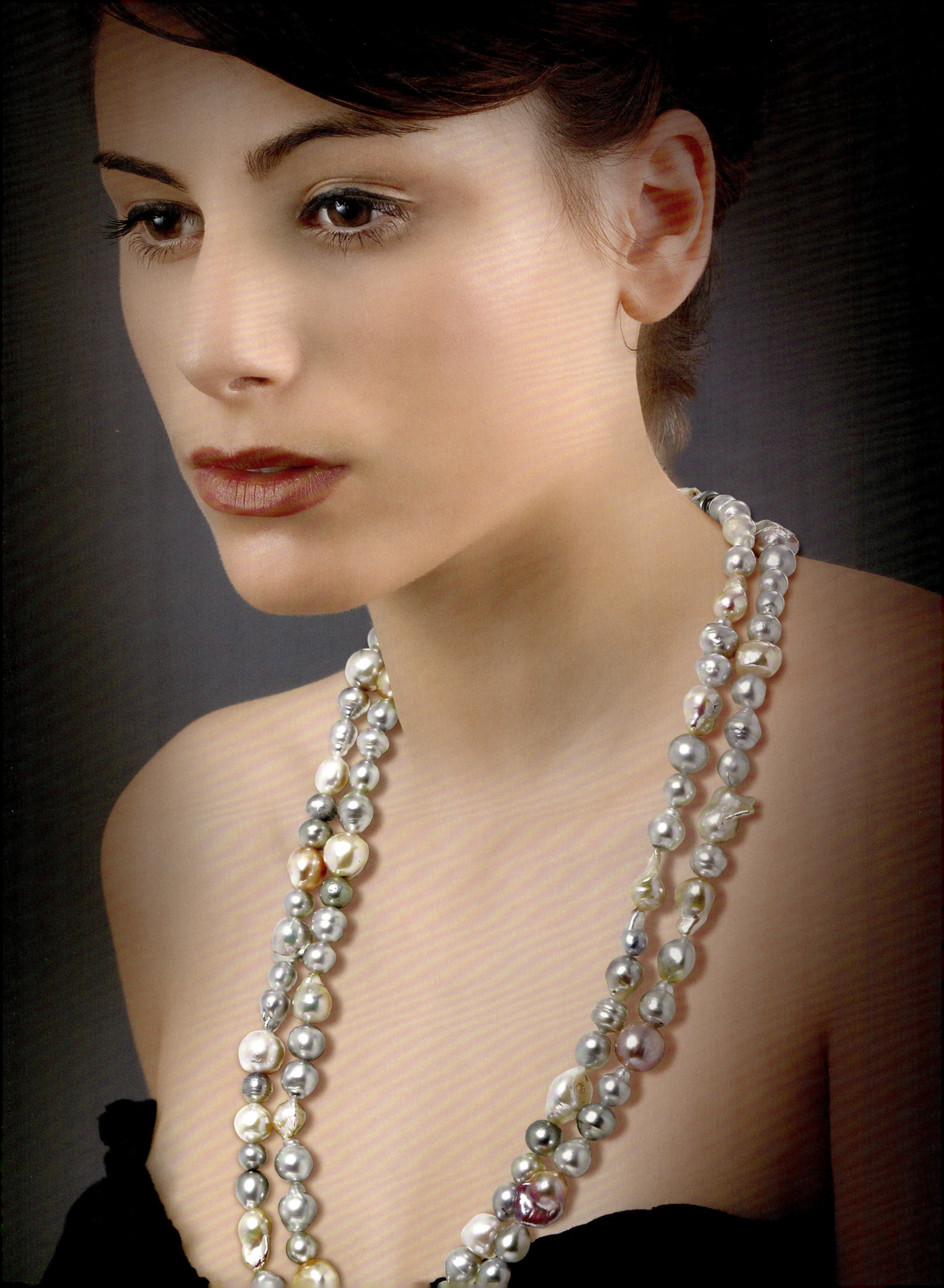

das leben der perlauster – in natur und im zuchtbetrieb

ein austernleben beginnt in der keimdrüse der muttermuschel. das austernei wird, zusammen mit millionen von geschwistern, hier befruchtet indem die weibliche auster das sperma der männlichen mit dem wasser aufnimmt. kurz darauf stößt die auster die unzähligen, winzigen austernlarven ins wasser ab. bei einigen arten stößt die auster die unbefruchteten eier, zeitgleich mit dem sperma-ausstoß der männlichen muscheln in der austernbank ins wasser ab und die befruchtung findet außerhalb der muschel statt.

das befruchtete ei ist ein bis zwei zehntel millimeter groß und treibt zunächst frei im wasser. nach einigen tagen, bei einer größe von etwa drei zehntel millimeter, setzt sich die austernlarve irgendwo fest und bleibt an diesem ort den rest ihres lebens. dabei ist die auster mit ihrer platzwahl wirklich nicht wählerisch. es kann der meeresboden sein, aber ebenso gut die haut eines großen rochens, eines wals oder ein schiffsrumpf.

entscheidend für beide arten der befruchtung ist, dass eine gewisse dichte der besiedelung der austernbank gegeben ist. wenn die austernbank so leergeraubt ist, dass nur noch wenige muscheln gleicher art vorhanden sind, dann sinkt die chance auf eine befruchtung der eier natürlich drastisch. ab einer gewissen ausdünnung der austernpopulation muss daher eine austernbank zwangsläufig zugrunde gehen. in der zeit der intensiven perlmuttfischerei von 1500 bis 1900 wurden so über 90 % aller austernbänke vernichtet und wahrscheinlich etliche austernarten ganz zum aussterben gebracht.

hat die austernlarve sich mal für einen platz entschieden, dann verankert sie sich dort mit dem sogenannten „byssus", einem büschel wurzelartiger fäden. nach etwa drei jahren erreicht die auster ihre volle größe. ihre nahrung bezieht sie aus dem wasser. bei mäßiger strömung öffnet sie sich etwas, nimmt wasser in ihr inneres auf und stößt es, nachdem sie es durchgefiltert hat, wieder aus. die auster filtert so ca. 8 liter wasser pro stunde auf nahrung durch und ernährt sich von den kleinorganismen, die im meereswasser leben.

die lebenserwartung einer auster in der natur beträgt maximal 10 bis 15 jahre. in ausnahmefällen können die austern der australischen südsee-zucht (pinctada maxima) und die tahitische perlauster (pinctada maragritifera) bis zu 30 jahre alt werden. perlaustern sind sehr temperatur-sensitiv. die tahiti-austern beispielsweise bevorzugen temperaturen von 24° C bis 29° C. unter einer temperatur von 18° C hören sie auf, perlmutt zu produzieren, bei weniger als 11° C sterben sie ab.

die japanische zuchtperlauster kann viel kältere temperaturen ertragen. auch sind die austern ganz streng an einen bestimmten salzgehalt des meerwassers gebunden. in der anfangsphase des perlzuchtprojektes im sudan (mit der jetzig benannten redsea-zuchtperle) versuchte man, andere muschelarten dort anzusiedeln, wie z.b. die australische pinctada maxima. dies scheiterte jedoch sofort aufgrund des höheren salzgehalts des roten meeres. die perlaustern brauchen außerdem auch extrem sauberes wasser. schon bei geringer wasserverschmutzung werden die austern sehr anfällig für krankheiten und sterben schnell ab.

die meisten perlaustern sind wechselgeschlechtlich. so wechselt die in tahiti ansässige perlproduzierende, schwarzlippige auster normalerweise alle zwei jahre das geschlecht. sie beginnt mit dem männlichen geschlecht, wird dann weiblich, nach zwei jahren wieder männlich, usw. es gibt auch perlaustern bei denen die muscheln ihr geschlecht ein leben lang beibehalten. ein weibchen stößt normalerweise 50 millionen eier pro geschlechtsreife aus.

in der freien natur haben die austern viele feinde. der tintenfisch umschlingt sie und öffnet ihre schalen, um das muschelfleisch zu fressen. der papageienfisch kann junge muscheln mit dem schnabelförmigen maul knacken. es gibt sogar eine seeschlange, die darauf spezialisiert ist, mit ihrer zunge ein loch in die schale der auster zu bohren und diese dann auszusaugen. noch mehr als unter den fressfeinden haben die austern unter den parasiten zu leiden, die sich auf den schalen festsetzen. die überwucherung der auster durch andere pflanzen und tiere stellt immer ein ernsthaftes problem für die muschel dar.

die auster kann ca. zwei stunden an der luft überleben ohne schaden zu nehmen. die perlproduzierenden austern und die speiseaustern sind, von wenigen ausnahmen abgesehen, verschiedene arten. die meisten perlaustern sind zwar essbar, eignen sich aber kaum für die verwöhnten gaumen der besucher von restaurants.

bei der südsee-, der tahiti- und der redsea-perlproduktion ist die zusammenarbeit zwischen muschel und mensch ein echter gewinn für beide seiten. die auster hat unter der „gefangenschaft" nicht zu leiden wie dies bei anderen zuchttieren der fall ist. in ihrem leben ist keine aktive bewegung vorgesehen. sie lebt ohnehin stationär am gleichen platz und ihr einziges kriterium der platzwahl ist der gute zugang zu frischem meerwasser. in der zucht wird die auster nicht gefüttert, sondern nimmt genau die gleiche nahrung auf wie die natürlich lebenden austern. es gibt also wenig, was die perlauster im zuchtbetrieb vermissen könnte. im gegenteil, die lästigen parasiten (seekrustenbildung) werden regelmäßig von ihren schalen entfernt, und alle natürlichen feinde werden ihr vom leib gehalten. in freier natur wird kaum eine einzige von zehntausend heranwachsenden austern das alter von zehn jahren erreichen. im zuchtbetrieb ist die chance, dass eine babyauster dieses alter erreicht immerhin 30 %.

bei der südsee-, der tahiti- und der redsea-perlzucht werden die alten austern, nachdem sie zwei oder drei perlen produziert haben, wieder in ihr natürliches habitat, ins meer, ausgesiedelt und dienen dazu, durch vermehrung ihre art und die muschelbank zu erhalten. sie werden beim prozess der perlentnahme nicht getötet, wie dies allerdings bei der akoya-perlzucht und auch bei der süßwasser-perlzucht der fall ist. aber auch hier hat die auster wenigstens etwa vier jahre lang ein artgerechtes leben geführt und ihre lebenserwartung dürfte auch hier hundertmal höher sein, als in freier natur. die perlzucht in australien, tahiti und dem roten meer ist ein erfrischend sympathisches beispiel wie der mensch mit nutztieren umgehen kann. man kann hier kaum noch von einer ausbeutung der tiere sprechen. es ist eine echte symbiose.

perlzucht

um mit der perlzucht beginnen zu können, braucht man austern, die groß genug sind, um einen perlmuttkern aufnehmen zu können. bei den akoya-perlaustern beträgt das mindestalter zwei jahre, bei den südsee- und tahiti-muscheln drei jahre. besonders bei der tahiti- und südsee-perlzucht werden daher bei der eröffnung einer neuen perlfarm zunächst ausgewachsene perlaustern vom meeresboden eingesammelt und zur zucht verwendet. in australien hat die regierung strenge quoten festgesetzt, wie viele natürliche austern jährlich aus den perlbänken entfernt werden dürfen. die quote beträgt pro jahr etwa 600.000 bis 650.000 austern. ebenso wurde eine mindestgröße von 120 mm festgelegt.

das einsammeln der austern wird von tauchern in einer tiefe von 20 bis 30 metern durchgeführt. die muscheln werden dann gereinigt und an geschützten stellen im meer bis zur zeit der ersten kerneinpflanzung abgelegt. existiert eine perlfarm schon länger, dann wird der bestand an erstlingsaustern meist auf andere weise gesichert. es werden über den perlbänken dicke taue ins wasser gehängt, an denen sich die austernlarven festsetzen. von diesen tauen werden die austern, welche eine bestimmte größe erreicht haben, regelmäßig entfernt, inspiziert, und wenn sie für gut befunden werden, in speziellen netzen wieder ins meer gehängt.

natürlich setzen sich an den tauen alle möglichen muscheln fest, nicht nur perlaustern. deswegen kann nur ein kleiner teil der ausbeute verwendet werden. die jungen austern werden dann regelmäßig gereinigt und untersucht, bis sie groß genug für die erste implantation sind.

die dritte methode (meist nur zur akoya-perlzucht verwendet) besteht darin, die austern von vorneherein in bestimmten becken zu züchten. diese komplette abkoppelung von der natur bringt aber auch probleme mit sich. die monokulturwirtschaft, mit einer resultierenden verarmung des erbguts, macht die muscheln sehr viel anfälliger für krankheiten, schlechte wasserqualität und temperaturschwankungen. 1998 hatte die japanische perlindustrie einen ernteausfall von nahezu 75 %. wenn ein virus in einer perlfarm auftauchte, vernichtete er oft die gesamte austernpopulation der farm.

zur implantation werden die ausgewachsenen austern von ihrem ablageplatz aus dem meer geholt, und gereinigt. von einer spenderauster wird das perlmuttbildende gewebe, welches an den muschelschalen anliegt, in kleine quadrate geschnitten und abgelöst. von einer spenderauster kann man bis zu 400 kleine stückchen perlmuttbildendes gewebe abtrennen. die vorgefertigten perlmuttkugeln, welche als kern der neuen perle fungieren, werden in antibiotika eingelegt, um die gefahr der infektion bei den muscheln zu reduzieren. dann werden die vorbereiteten austern einen spalt weit geöffnet (maximal 3 cm) und mit spezialwerkzeugen werden ein perlmuttkern und ein stückchen perlmuttbildendes gewebe in die keimdrüse der auster eingesetzt. das perlmuttbildende zellgewebe muss direkt an dem zuerst eingesetzten kern anliegen, ansonsten entwickelt sich keine runde perle, sondern eine barocke „balloon-perle". nach der operation werden die bestückten austern in netzen ins meer gehängt.

als kern der neuen perle nimmt man perlmuttkugeln, die man früher hauptsächlich aus der schale der im mississippi vorkommenden „pig-toe" muschel gedrechselt hatte. heute reicht der bestand dieser muschel bei weitem nicht mehr aus, den weltbedarf an perlmuttkernen zu decken. so verwendet man heute zusätzlich perlmuttkerne aus vietnam und anderen südlicheren gegenden.

das stückchen perlmuttbildendes mantelgewebe, welches man zusammen mit dem perlmuttkern eingepflanzt hat, wächst nun innerhalb der nächsten wochen um den eingesetzten kern herum. nachdem es den kern völlig umschlossen hat, bildet es perlmutt nach innen aus und beschichtet so den kern in der „gewebe-tasche". innerhalb der nächsten zwei jahre überzieht dieser „perlsack" die angehende perle mit bis zu 1000 schichten feinsten perlmutts. in der anfangszeit wird die perlauster alle paar tage gedreht, damit sich die perle gleichmäßig entwickelt. danach wird die muschel alle vier bis sechs wochen gereinigt und von seekrustenbildung befreit.
bei tahiti- und südsee-muscheln hat der kern bei der ersten implantation immer eine größe von 5 mm. bei akoya-muscheln verwendet man kerne von 2 bis 8 mm, je nachdem welche perlgröße man produzieren möchte.
das einpflanzen der kerne ist ein hochspezialisierter job, den weltweit fast nur japaner durchführen. von der richtigen einpflanztechnik hängt das gesamte ergebnis der perlzucht ab.
etwa 30% der austern akzeptieren den implantierten permuttkern nicht und stoßen ihn aus. deswegen wird nach drei monaten überprüft, ob die auster den kern behalten hat oder nicht. in tahiti werden die austern nach der ersten operation in speziellen netztaschen ins meer gehängt, welche so feinmaschig sind, dass der ausgestoßene kern im netz bleibt. in australien röntgt man die austern nach drei monaten mit einem ähnlichen gerät wie sie an flughäfen zur gepäckkontrolle benutzt werden.
hat eine auster den kern abgestoßen, so pflanzt man ihr entweder einen neuen kern ein oder man wirft sie ins meer zurück. denn die wahrscheinlichkeit ist groß, dass sie auch den zweiten kern ausstoßen wird. stößt die muschel nur den kern ab, nicht aber das stückchen perlmuttbildendes gewebe, dann bildet sich normalerweise eine „keshi-perle". dies ist eine meist längliche oder flächige, barocke, kernlose perle, die sich von einer naturperle optisch kaum unterscheidet.
nachdem die muschel die ersten drei monate überstanden und den kern akzeptiert hat, wird sie an ihren endgültigen platz gebracht. sie wird dann entweder in netztaschen ins meer gehängt oder in einer geschützten bucht mit plastikschnüren an pfählen in einer geschützten bucht befestigt. in australien werden die muscheln auch in körben auf dem meeresgrund abgestellt.

bei den japanischen akoya-austern bedeutet die ernte das ende der muschel. bei den tahiti- und südsee-austern wird beim ernten der ersten perle normalerweise ein neuer kern eingesetzt. die erntezeit ist in den verschiedenen perlzuchtgebieten unterschiedlich. in australien wird in den kalten monaten (mai bis september) geerntet. in tahiti, wo die wassertemperaturen weniger schwanken, wird das ganze jahr über geerntet.
etwa 20 % der perlen, die die auster produziert, sind so schlecht beschichtet, dass sie sich nicht zum

verkauf eignen. dies bedeutet, dass die auster krank oder schwach ist, und in solch eine auster wird kein neuer kern eingesetzt.

ist die perle gut beschichtet, dann wird ein neuer kern in gleicher größe wie die entnommene perle eingepflanzt. nachdem der erste kern in tahiti- und südseemuscheln 5 mm groß war, hat die erste daraus entstandene perle meist 8 bis 10 mm durchmesser. ein entsprechend großer kern wird also bei der ernte der ersten perle wieder eingepflanzt, da sich die muschel an einen fremdkörper in dieser größe schon gewöhnt hat.

nach zwei weiteren jahren wird dann die zweite perle geerntet und dabei der dritte kern eingepflanzt. war die erste perle 9 mm, dann war somit auch der kern, der nach entnahme der ersten perle eingepflanzt wurde, 9 mm. aus diesem kern (der zweiten generation) ist nun eine perle von 13 mm entstanden. nach entnahme dieser perle wird also wieder ein kern von der gleichen größe eingepflanzt, welcher nach zwei jahren dann zu einer perle von 18 bis 19 mm herangewachsen ist. nach der dritten ernte wird die auster dann ins meer zurückgegeben.

je jünger die auster ist, um so stärker ist die perlmuttsekretion. alte austern bilden weniger perlmutt aus und lagern gleichzeitig mehr kalzit ins perlmutt ein. der glanz ist also bei den perlen der „ersten generation" im durchschnitt besser, als bei den perlen der „dritten generation". sieht der operateur bei der ernte, dass eine perle schlecht beschichtet ist, so wird die muschel normalerweise gar nicht neu bestückt. denn dies bedeutet, dass die muschel krank oder schwach ist, und auch die nächste perle würde kaum schöner werden. solche austern werden dann aus dem kreislauf genommen und in die lagune zurückgegeben. bei den akoya-muscheln gibt es nur eine einzige bestückung. sie überleben die ernte nicht, alles ist hier nur auf einen einzigen zyklus ausgelegt.

ganz maßgeblich für die perlzucht ist ein absolut sauberes wasser. tahiti und nordwest-australien sind daher ideale perlzuchtgebiete. tahiti hat eine fläche so groß wie europa und hat nur 200.000 einwohner. eine umweltverschmutzung in dem sinne wie wir sie aus den industrieländern (auch z.b. aus japan) kennen, gibt es hier nicht. ebenso ist das perlzuchtgebiet in nordwest-australien mehr oder weniger unberührt. die nächste größere stadt ist 2000 km entfernt. japan und vor allem china haben in diesem punkt sehr zu kämpfen. entsprechend hoch sind ernteausfälle. muscheln reagieren sehr empfindlich auf chemikalien. 1995 fiel mal fast eine komplette ernte der chinesischen perlzucht aus. grund war, dass die perlmuttkerne aus vietnam, welche verwendet wurden, chemisch gebleicht waren und die austern sehr empfindlich darauf reagierten.

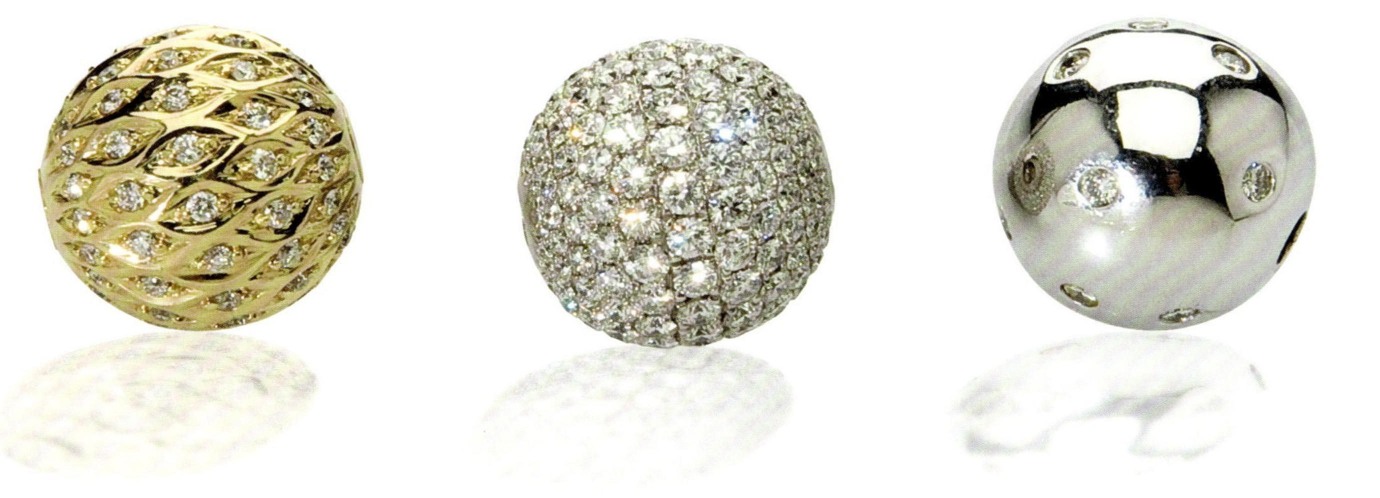

die struktur der perle

bei den meeres-zuchtperlen befindet sich im zentrum jeder zuchtperle ein perlmuttkern, der der muschel eingepflanzt wurde und dann von ihr mit perlmuttschichten ummantelt wurde. die ummantelung des kerns besteht aus bis zu 1000 feinster schichten von perlmutt. bei südsee-zuchtperlen ist jede dieser schichten ein bis zwei tausendstel millimeter dick.

je nach muschelart variiert die zusammensetzung des perlmutts leicht. ganz grob gesehen besteht perlmutt aus folgenden substanzen:

93 %	aragonit-kristalle (eine form von calciumcarbonat)
5 %	proteine, z.b. kollagen, oder andere organische substanzen, z.b. chinin
1,9 %	wasser
0,1 %	mineralien

aragonit ist der hauptbestandteil des perlmutts und seine feinen kristalle sind der grund für den seidigen glanz und den irisierenden schimmer der perle. der aufbau des aragonits ist so geschichtet, dass die schichtdicke in etwa in der größenordnung der wellenlänge des sichtbaren lichts entspricht. unter dem elektronen-rastermikroskop sieht der aufbau des aragonits etwa so aus wie übereinander gestapelte schieferplatten. da ein teil des lichtes in die aragonit-kristalle eindringt, und ein anderer teil an der oberfläche reflektiert wird, ergibt sich eine sogenannte „interferenz". das heißt, ein teil des lichtstrahls wird sofort an der oberfläche reflektiert, ein anderer teil erst an der nächst tieferen schicht des aragonits, ein teil erst an der übernächsten, etc. bei dem durchqueren der aragonit-kristalle wird jeweils eine bestimmte wellenlänge des weißen lichtes gelöscht. weißes licht besteht ja aus allen wellenlängen bzw. farben des lichts: violett, indigo, blau, grün, gelb, orange, rot, etc. wenn nun, je nach schichtdicke des aragonits, die eine oder andere wellenlänge gelöscht wird, verändert sich die farbe. das auge des betrachters sieht also das weiße licht, welches von der oberfläche reflektiert wird. weiter sieht das auge ein z.b. rötliches licht, welches von der zweiten, tiefer liegenden schicht des perlmutts zurückstrahlt. weiter sieht es ein blaues licht, welches von der dritten schicht zurück reflektiert wird, usw. alle diese lichtimpulse überlagern sich, und dies macht den irisierenden effekt, den „lüster" der perle aus. bewegen wir die perle etwas, so ändert sich natürlich der einfallswinkel des lichtes. somit verändert sich der weg des lichtes, den dieses von schichtdicke zu schichtdicke zurücklegen muss. und damit verändert sich das profil, welche wellenlänge gelöscht wird und welche nicht. damit wiederum verändern sich die farben der verschiedenen lichtimpulse, welche aus dem inneren der perlmuttschichten zurück reflektiert werden. der effekt ist, dass sich die irisierenden farbschattierungen der perle verändern. eine gute perle hat daher bei jeder stellung eine etwas andere farbschattierung des lüsters.

aragonit ist ein polymorph von calciumcarbonat (CaCO3). das heißt, es hat die formel von CaCO3 = calciumcarbonat. die gleiche formel haben aber auch noch andere polymorphe, z.b. kalzit. kalzit ist die weitaus häufigere form des calciumcarbonats und ist die sehr viel stabilere form; stabil nicht im sinne von härte, sondern im sinne von reaktionsverhalten zu anderen substanzen, oder reaktion auf energie-einfluss etc. deswegen verwandelt sich aragonit im laufe der zeit automatisch in kalzit. dieser prozess dauert aber zehntausende von jahren, es sei denn, er wird beschleunigt (z.b. durch hitze).

aragonit ist viel härter als kalzit. (aragonit hat den wert von 3,25 bis 4 auf der richterskala von mohs; kalzit nur 3.) aragonit hat das spezifische gewicht von 3,0; kalzit nur von 2,7. bis heute ist nicht bis ins letzte geklärt wie die muschel in der lage ist, aragonit herzustellen. man kann aragonit im labor künstlich herstellen, jedoch nur unter sehr hohem druck. die muschel schafft dies auch ohne druck, durch physiologische vorgänge.

aragonit und kalzit sind sehr unbeständig gegenüber säuren und können auch durch andere chemikalien angegriffen werden. wenn die muschel älter und schwächer wird, dann lagert sie im perlmutt mehr und mehr kalzit ab, statt aragonit. dies beeinträchtigt dann den lüster der perle.

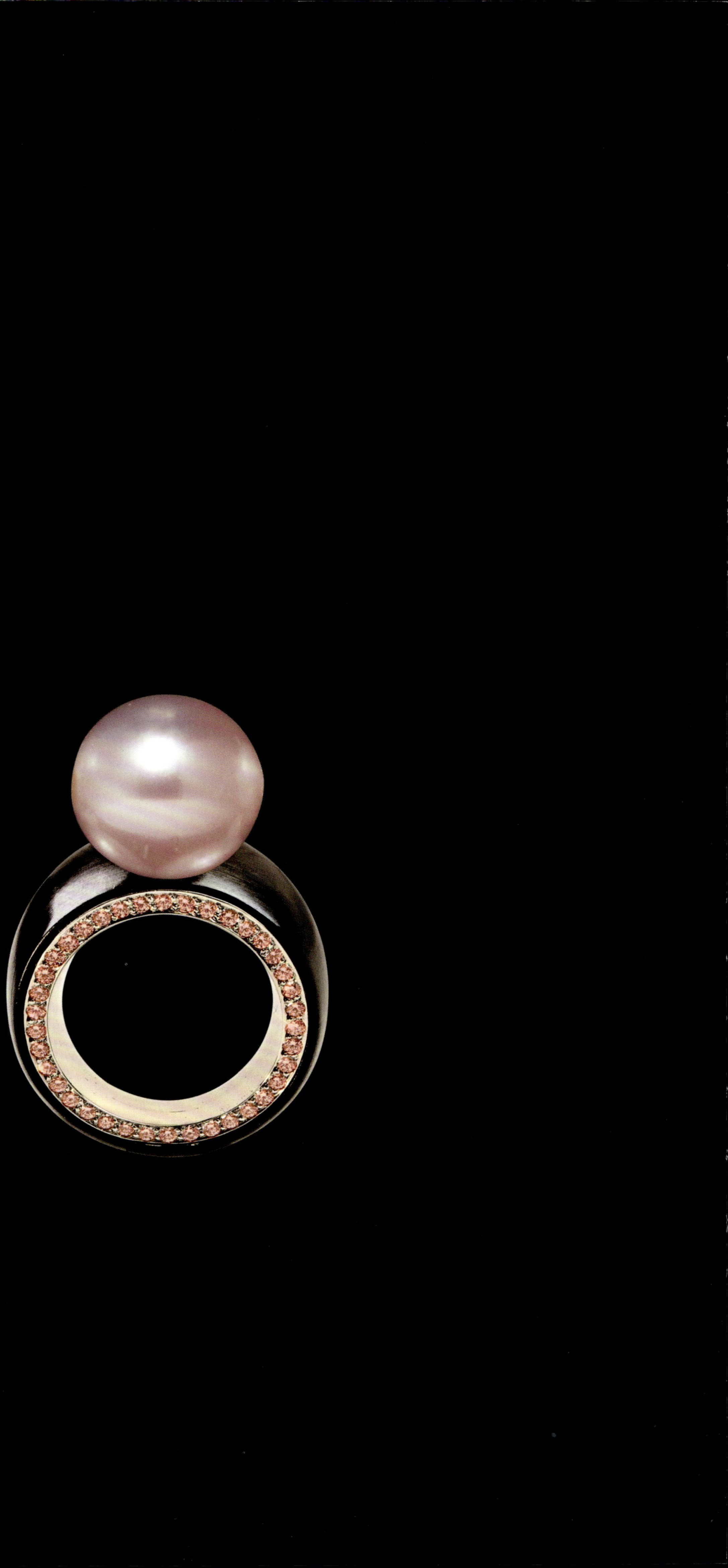

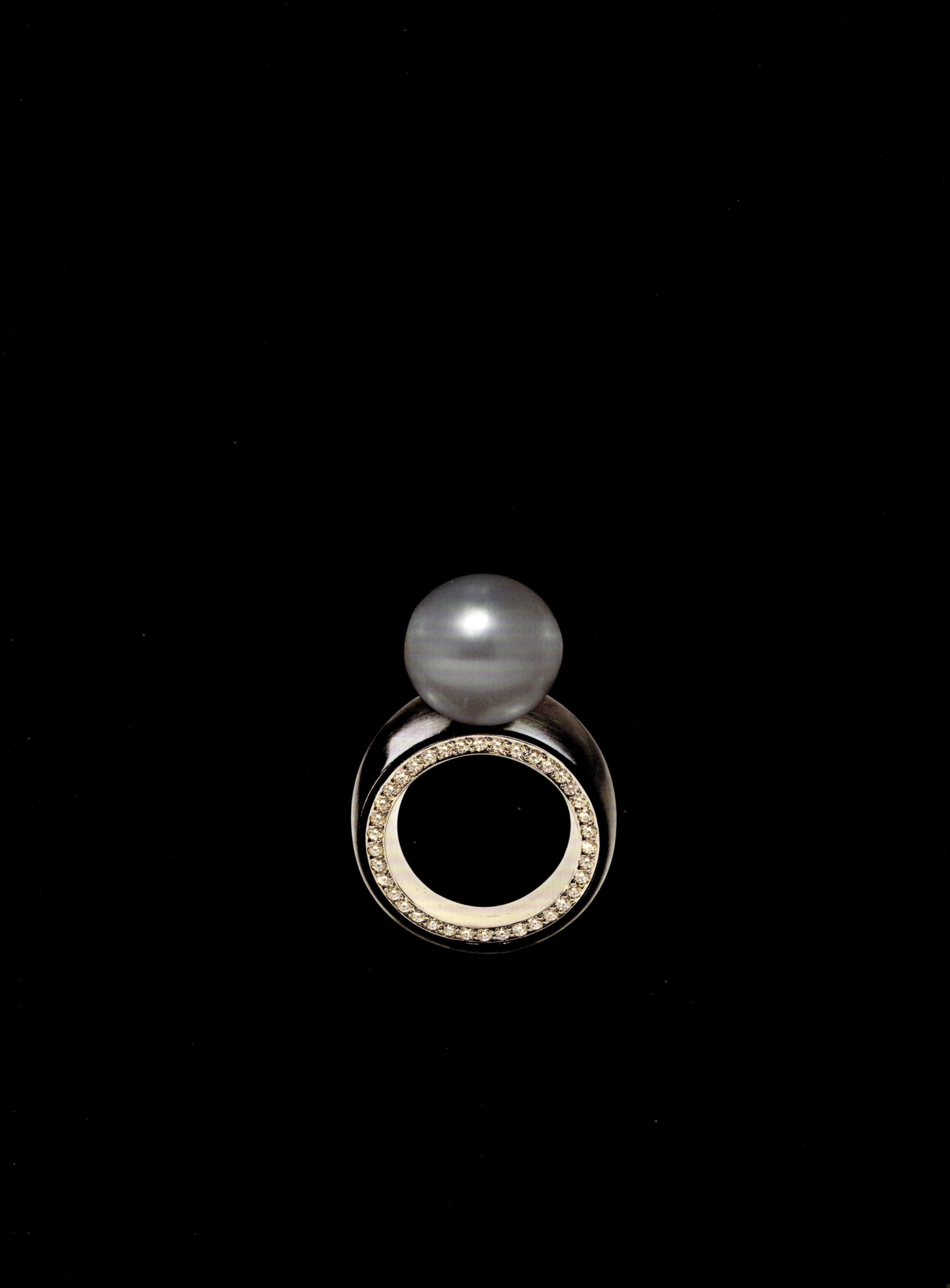

südsee-zuchtperlen

die gegend, in der südsee-perlzucht betrieben wird, reicht von der nordküste australiens über die fidschi-inseln, indonesien, die philippinen bis nach burma. die perlauster, die hierbei verwendet wird, ist die pinctada maxima, die größte aller zuchtperlaustern. sie erreicht normalerweise die größe eines suppentellers und kann in einzelnen fällen bis maximal etwa 50 cm groß werden.

es gibt zwei unterarten der pinctada maxima, welche zur perlzucht verwendet werden: die „silver-lipped oyster" und die „gold-lipped oyster". erstere kommt in den gewässern um nordaustralien vor und produziert weiße bis silbergraue perlen. letztere finden wir in den gewässern weiter nördlich, so den philippinen, indonesien, burma etc. diese unterart produziert cremefarbene bis intensiv goldfarbene perlen.

die südsee-zuchtperle besticht in erster linie durch ihre größe und ihre qualität. die perlen reichen von 9 bis zu maximal 20 mm durchmesser. die klassische weiße farbe, bis ins silbergraue gehend, ergibt in kombination mit dem fantastischen lüster den noblen, edlen eindruck der perle, den wir eigentlich suchen. gleichzeitig produziert die südsee-perlzucht eine vielzahl an formen der perlen. so gibt es beispielsweise bei akoya-zuchtperlen keine tropfen, keine ovalen perlen, keine circular-pearls, keine kegelförmigen perlen usw. die südsee-zuchtperlen bieten hier eine enorme palette an formen, welche sich hervorragend zum design von perlschmuck eignen. eigentlich sind die südsee-zuchtperlen die nachfolger der antiken naturperlen. perlen, wie die tropfenförmigen ohrring-perlen der kleopatra, oder die vielen berühmten legendären perlen wie peregrina, pellegrina usw., finden sich nur bei den südsee-zuchtperlen.

entsprechend löste das erscheinen dieser perlart auf dem internationalen markt ende des letzten jahrhunderts einen sturm der begeisterung bei der frauenwelt aus. angeheizt durch einige prominente vorbilder, allen voran prinzessin diana, wurde die südsee-zuchtperlkette zum wunschtraum fast jeder frau in europa und in den usa.

die pinctada maxima wurde erst in den 1880er-jahren wirklich entdeckt. sie kam und kommt besonders reichhaltig an der nordwestküste australiens vor. als die perlmutthändler weltweit auf die riesige perlmuttproduzierende auster aufmerksam wurden, gab es einen regelrechten „rush" auf die austernbänke um die gegend der nordaustralischen stadt broome. damals waren die austernbänke so dicht besiedelt mit pinctada maxima-austern, dass man sie bei ebbe einfach aus dem sand aufsammeln konnte. der gigantische bedarf an perlmutt als rohstoff für die knopfindustrie hatte zur folge, dass innerhalb von kürzester zeit die strände nordaustraliens von fischkuttern abgegrast wurden, welche vollbepackt waren mit ceylonesischen perltauchern. innerhalb von drei jahren exportierte australien 75 % des weltbedarfs an perlmutt. broome wurde zur welt-perlmutt-metropole. die naturperlen, welche die austerntaucher ab und zu in den muscheln fanden, waren willkommene dreingaben, jedoch nicht der hauptgrund für die perlmuttfischerei.

um 1930 waren die austernbänke so überfischt, dass die pinctada maxima in australien auszusterben drohte. die regierung musste einschreiten und die perlmuttfischerei stark reglementieren, was ihr letztlich auch gelang.

die perlzucht begann in australien schon lange vor der japanischen. um 1890 begann der britische meeresbiologe william saville kent damit zu experimentieren, perlmuttbildendes gewebe in austern einzusetzen und damit perlen zu produzieren. william saville kent war nicht nur biologe und forscher, sondern gleichzeitig auch „commissioner of fisheries", also so etwas wie staatssekretär für die fischerei-industrie. als solcher stellte er seine entdeckungen offen allen interessierten in australien zur verfügung. die beiden als eigentliche erfinder der perlzucht bezeichneten japaner, tatsuhei mise und tokishi nishikawa, waren in der perlmut- und perlenindustrie tätig und waren selbstverständlich oft in broome, wo sie von der entdeckung kents erfuhren. sie entwickelten dann seine erkenntnisse weiter, indem sie, nicht wie kent, das perlmuttbildende gewebe und den zu ummantelnden kern zwischen schale und muschelfleisch einsetzten, sondern in die keimdrüse der perle. die entdeckung der perlzucht ging also letztendlich nicht auf die drei japaner mise, nishikawa und mikomoto zurück, sondern auf den briten william saville kent aus australien.

doch wie die ironie des schicksals spielt, war den australischen händlern von naturperlen die perlzucht ein dorn im auge. sie fürchteten sie als konkurrenz und mit geschicktem lobbying schafften sie es, dass die australische regierung 1922 die perlzucht in australien komplett verbot. dieses verbot wurde bis 1949 aufrecht erhalten. nachdem einerseits kunststoffe die knopfindustrie vom perlmuttwahn erlöste, und andererseits die australischen perlbänke leergefischt waren, brach mitte letzten jahrhunderts die perlmuttfischerei in australien zusammen und damit auch der handel mit australischen naturperlen. somit hob die australische regierung das verbot der perlzucht wieder auf. 1956 entstand daraufhin in westaustralien die erste perlfarm mit japanischen spezialisten und der von den japanern entwickelten technik.

da die perlzucht ein sehr zeitintensives gewerbe ist, dauerte es fast 20 jahre bis australien solche mengen von südsee-zuchtperlen produzierte, dass sie auf dem europäischen markt wirklich auftauchten.

1983 produzierte australien gerade mal 0,4 tonnen zuchtperlen für einen wert von 30 millionen $. innerhalb von 15 jahren schraubte sich die produktion hoch auf 2,4 tonnen (1998) und auf einen gesamtwert von 220 millionen $. in den letzten elf jahren ging die produktion gewichtsmäßig weiter stark nach oben. 2009 betrug die produktion der südsee-zuchtperlen 12,5 tonnen!

die preise der südsee-zuchtperlen sind inzwischen bei einem recht realistischen niveau angelangt. in der hochzeit des südsee-perlrausches um 1998 meinte die australische perlindustie, die bäume würden in den himmel wachsen: jeder noch so unbedeutende perlfarmer oder händler auf dem fünften kontinent flog mit einem privatjet durch die gegend. jede perlfarm hatte mindestens einen, oft mehrere hubschrauber, teuerste amphibienfahrzeuge usw. man sollte meinen, dass die preise für südsee-zuchtperlen zu beginn der phase, also 1983, am höchsten waren. denn die perle war noch selten, und eine gesamtproduktion von nur 400 kg für den ganzen weltmarkt war sehr wenig. aber bis 1998 stiegen die preise sogar noch um 20 %, obwohl sich die produktion versechsfachte. doch danach kam dann bald die ernüchterung. große chinesische süßwasser-zuchtperlen brachen das monopol der australischen perlen in größe und der markt wurde durch andere perlprodukte wie die tahiti-zuchtperlen oder süßwasser-zuchtperlen neu aufgemischt. bald konnten die australischen perlfirmen ihre fantasiepreise nicht mehr durchsetzen. bei der kostenstruktur, die die farmer sich aufgebaut hatten, gingen etliche von ihnen konkurs, alle anderen mussten schwer umstrukturieren. heute arbeiten die australier mit realistischen margen, wie andere industriezweige auch. die preise sind stabil, und für die investition in eine schöne südsee-zuchtperlenkette wäre daher jetzt sicherlich eine gute zeit.

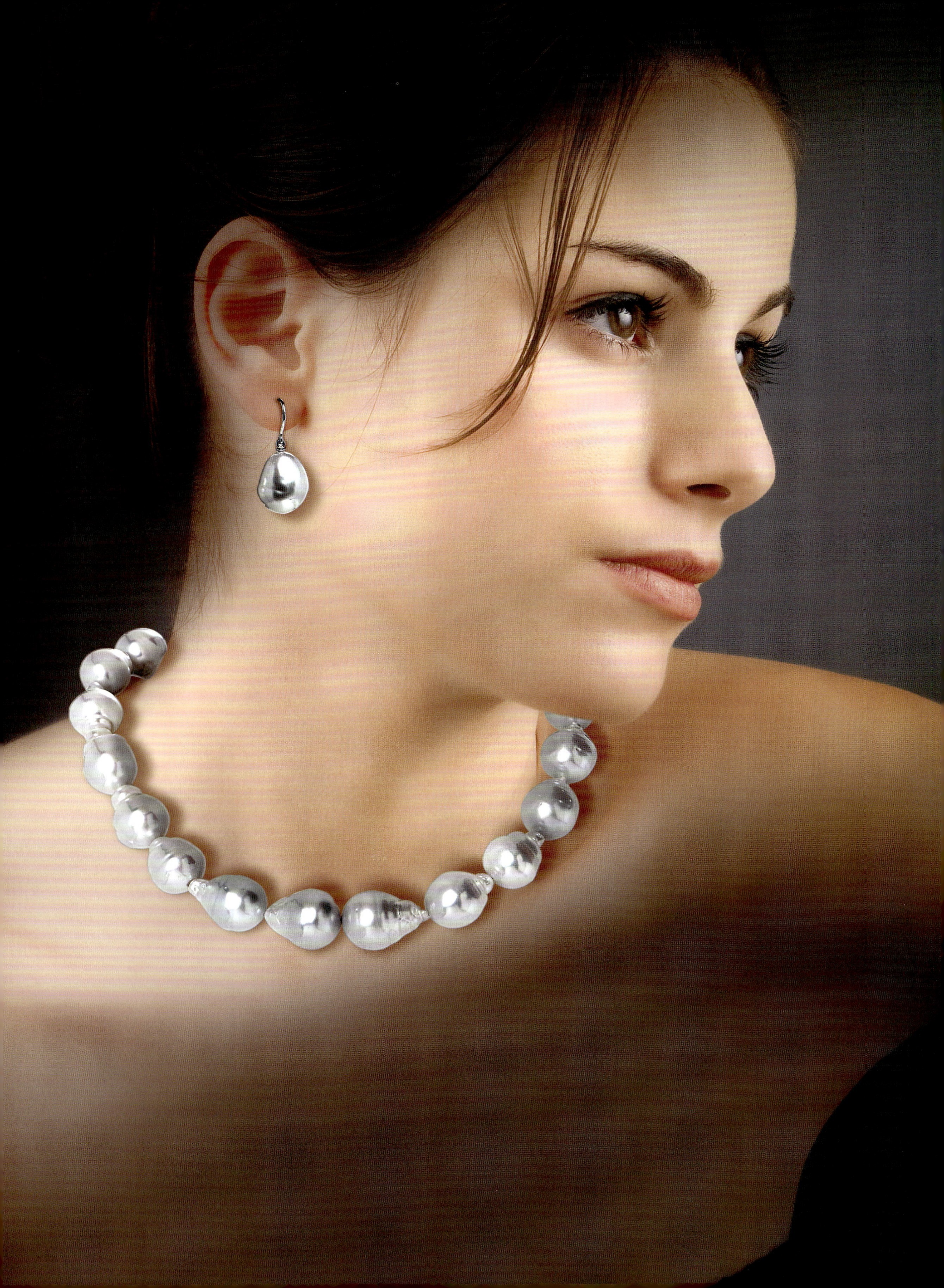

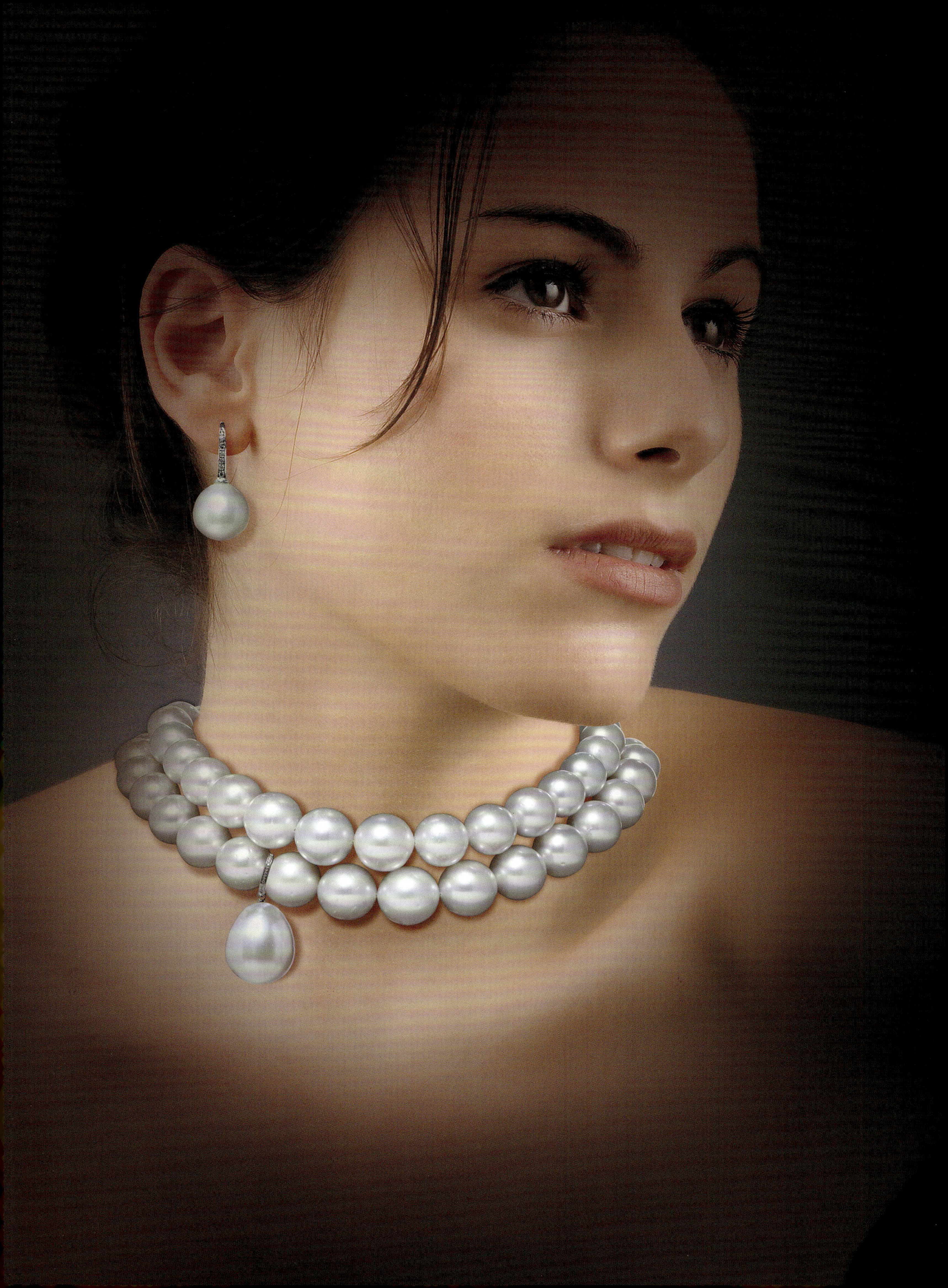

tahiti-zuchtperlen

die tahiti-zuchtperle wird in der pinctada margaritifera gezüchtet, der sogenannten „black-lipped oyster". die besonderheit dieser zuchtperlenart ist die außergewöhnliche farbe: von schwarz über anthrazit bis platingrau, oft mit schillernden grüntönen versetzt – pfauenfarbener, schillernder lüster, metallisch glänzende farben, über dunkelgrün bis bräunlich.

die größe der perle ist beachtlich, von 8 bis maximal 16 mm. sie ist allerdings nicht ganz so groß wie die australische südsee-zuchtperle. ihr verbreitungsgebiet ist französisch-polynesien. preislich liegt die tahiti-zuchtperle etwa 30% unter dem niveau der südsee-zuchtperlen.

die geschichte der perlzucht in tahiti beginnt wie die geschichte aller anderen perlzuchten: mit der völligen überfischung und beinahe-ausrottung der perlauster durch die perlmutt-produzierende industrie ende des vorletzten jahrhunderts.

die ersten versuche, perlen mit der pinctada margaritifera zu züchten, werden dem franzosen simon grand zugeschrieben, welche jedoch 1872 erfolglos beendet wurden. danach nahm die perlzucht ihren ersten anfang 1962, als jean marie domand und churoku muroi im auftrag der polynesischen regierung auf den inseln bora bora und hikueru die ersten perlfarmen anlegten. ganz vorne mit dabei war auch bill reeds, einer der pioniere der internationalen perlzucht, welcher später auch die redsea-zuchtperle aus der taufe hob. die australische südsee-perlzucht hatte gerade begonnen und man wollte an die ersten erfolge der australier anknüpfen. 1965 wurden die ersten 1000 perlen geerntet, und von da an ging es steil bergauf.

während in australien nur ganz wenige perlproduzierende großbetriebe sich den markt aufteilen, entwickelte sich in französisch-polynesien sehr bald ein buntes potpourri aus perlfarmern: vom mega-unternehmer robert wan, dem größten tahiti-perlzüchter, bis zum kleinen familienbetrieb mit nur ein oder zwei mitarbeitern.

1983 betrug die produktion von tahiti-zuchtperlen 0,1 tonne für einen gesamtwert von 5 millionen $. 1992 wurde 1 tonne perlen auf tahiti produziert für einen wert von 44 millionen $. 1996 produzierte man schon 5 tonnen perlen, also über doppelt so viel wie die gesamtproduktion der südsee-zuchtperlen. 2009 lag die gesamtproduktion der tahiti-zuchtperlen bei 12,5 tonnen, die exakt gleiche menge wie die südsee-zuchtperlen.

auch bei den tahiti-zuchtperlen hat sich der preis auf ein realistisches niveau eingependelt. zum zeitpunkt der allerersten anfänge war er fünfmal so hoch wie heute. 1996 war das beste jahr für die französisch-polynesische perlindustrie. insgesamt gab es etwa 2000 perlfarmen. doch dann begannen sich südsee- und tahiti-zuchtperlen gegenseitig den markt wegzunehmen. beide zuchtperlarten hatten exakt dieselbe zielgruppe als kunden.

viele kleinere perlfarmen konnten den preiskampf nicht durchstehen und mussten schließen. heute haben wir in tahiti nur noch 500 perlfarmen, tendenz fallend. man schätzt, dass ende 2010 nur noch 350 übrig bleiben werden. die gesamtmenge an produzierten perlen wird jedoch vermutlich weiter steigen. die letzten jahre ist der preis für tahiti-zuchtperlen, ähnlich wie bei denen aus der südsee, recht stabil auf einem sehr günstigen niveau. momentan ist eine tahitikette, selbst in einer richtig schönen qualität, durchaus erschwinglich.

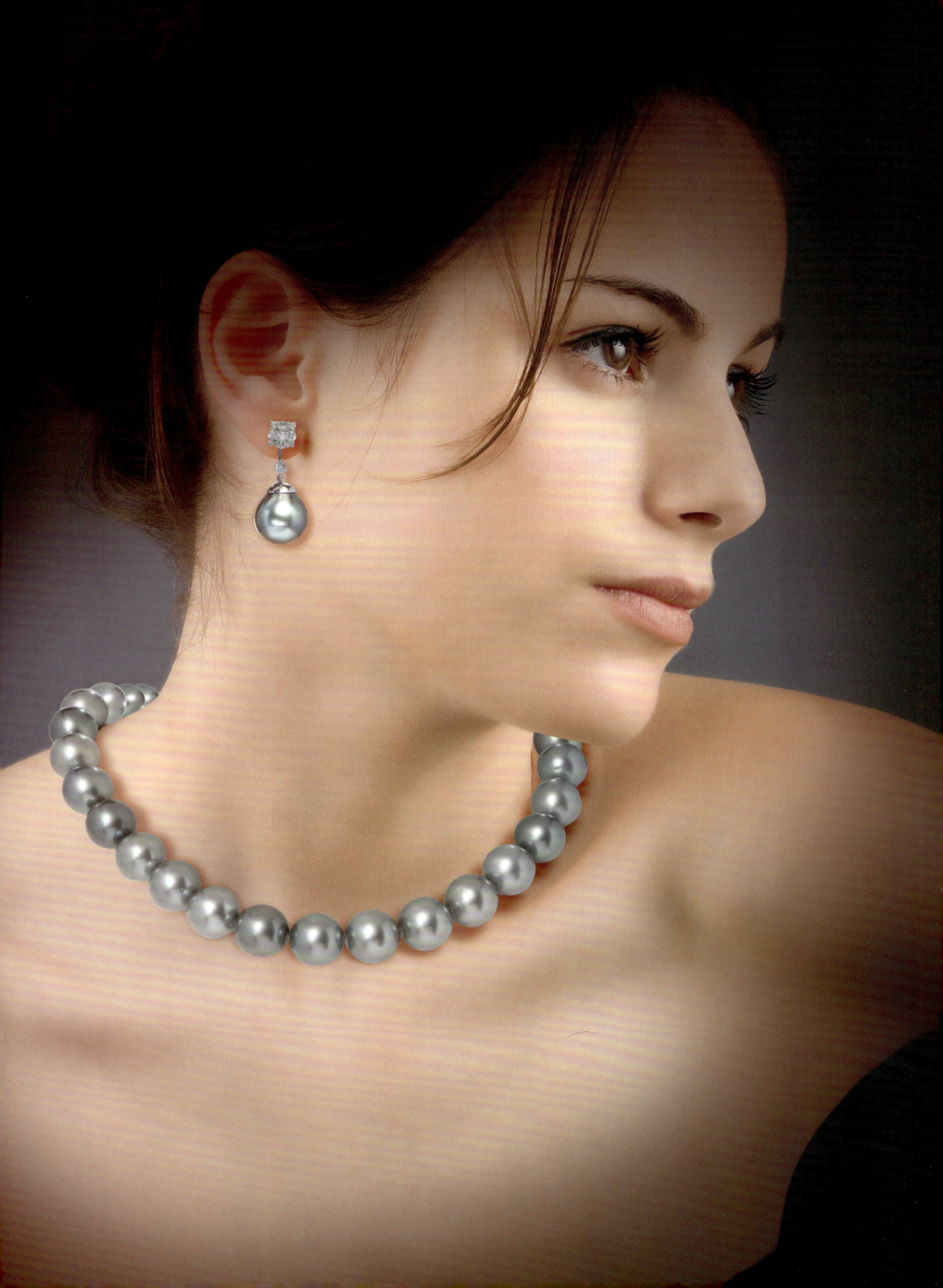

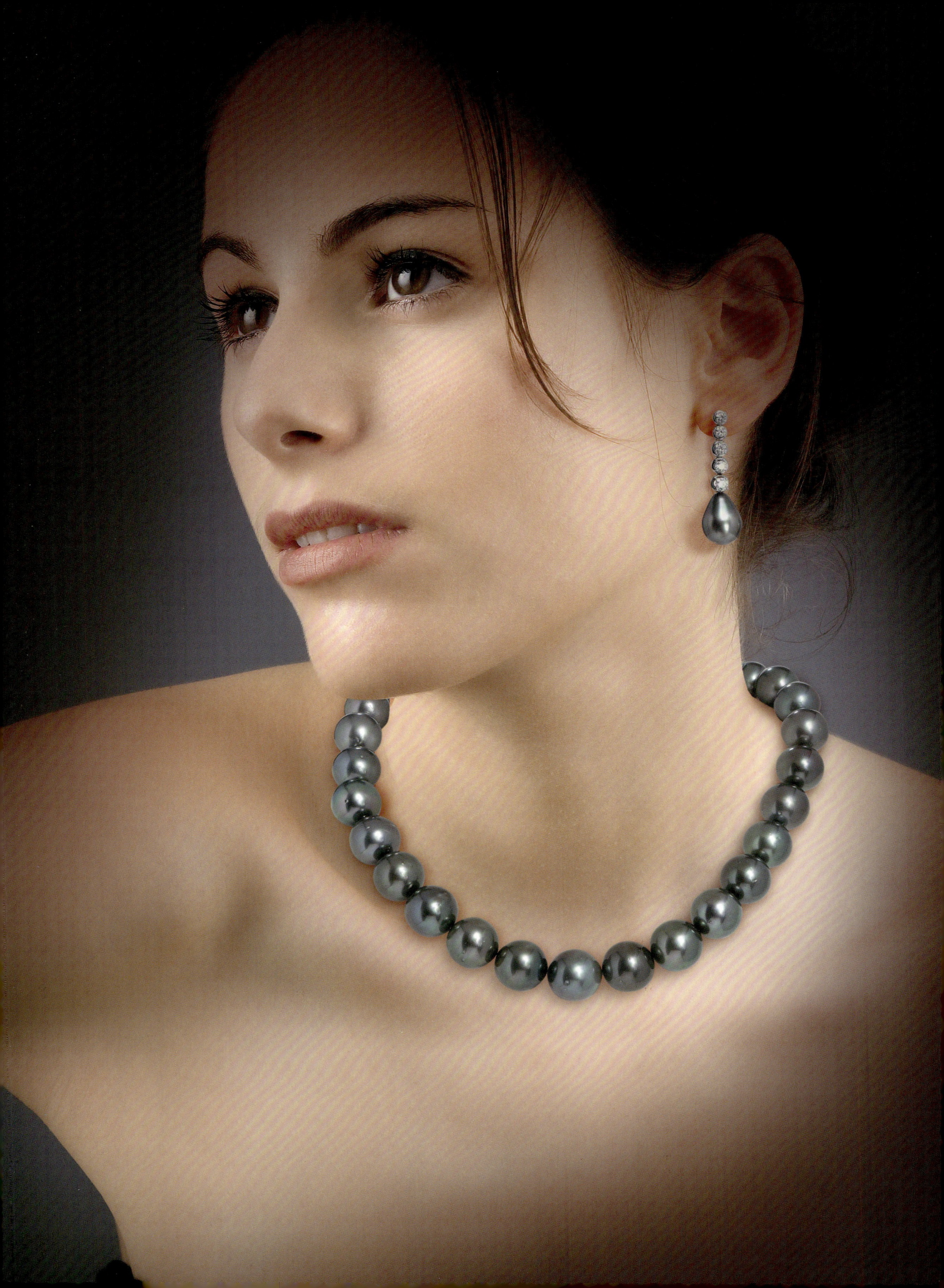

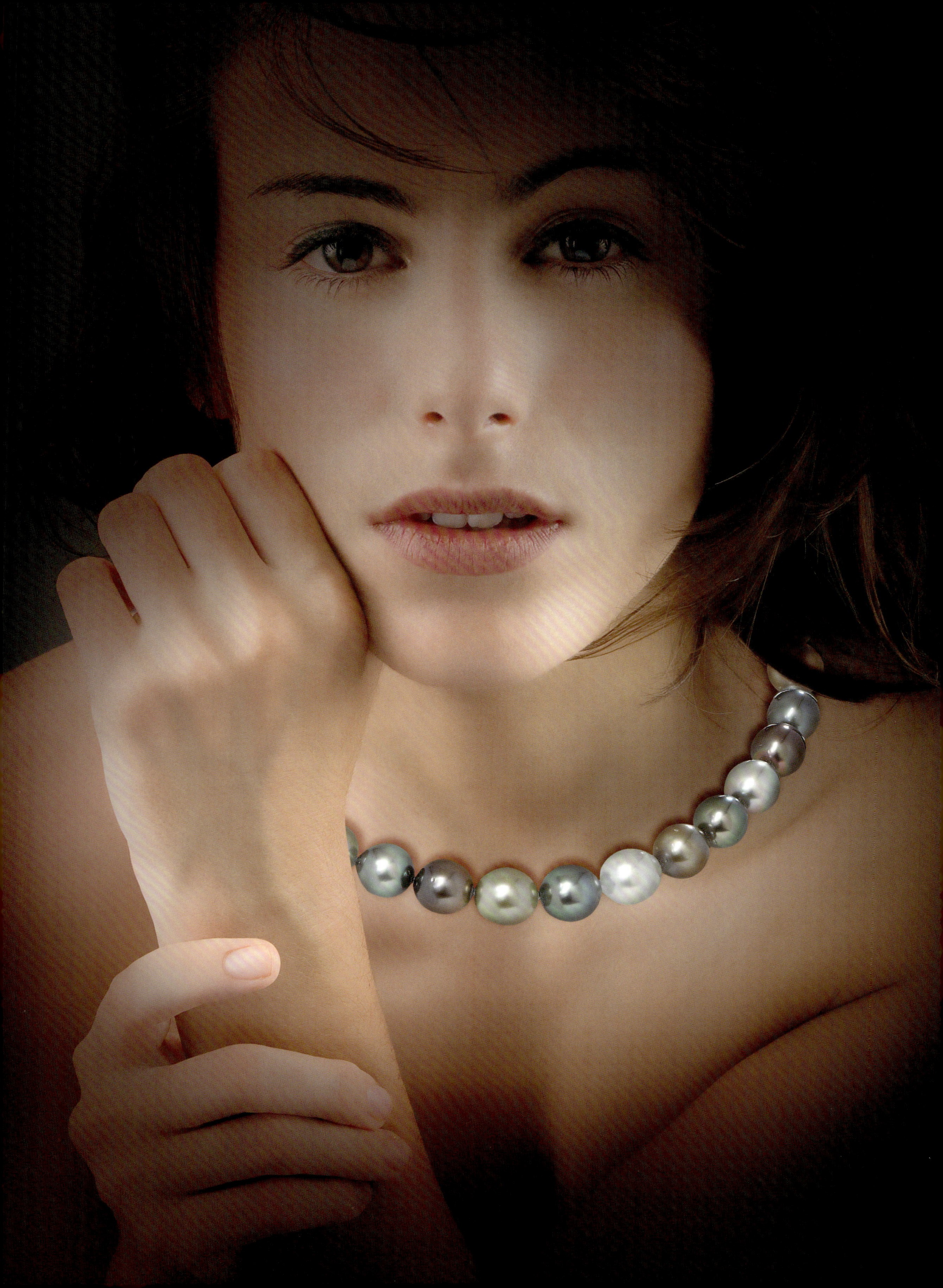

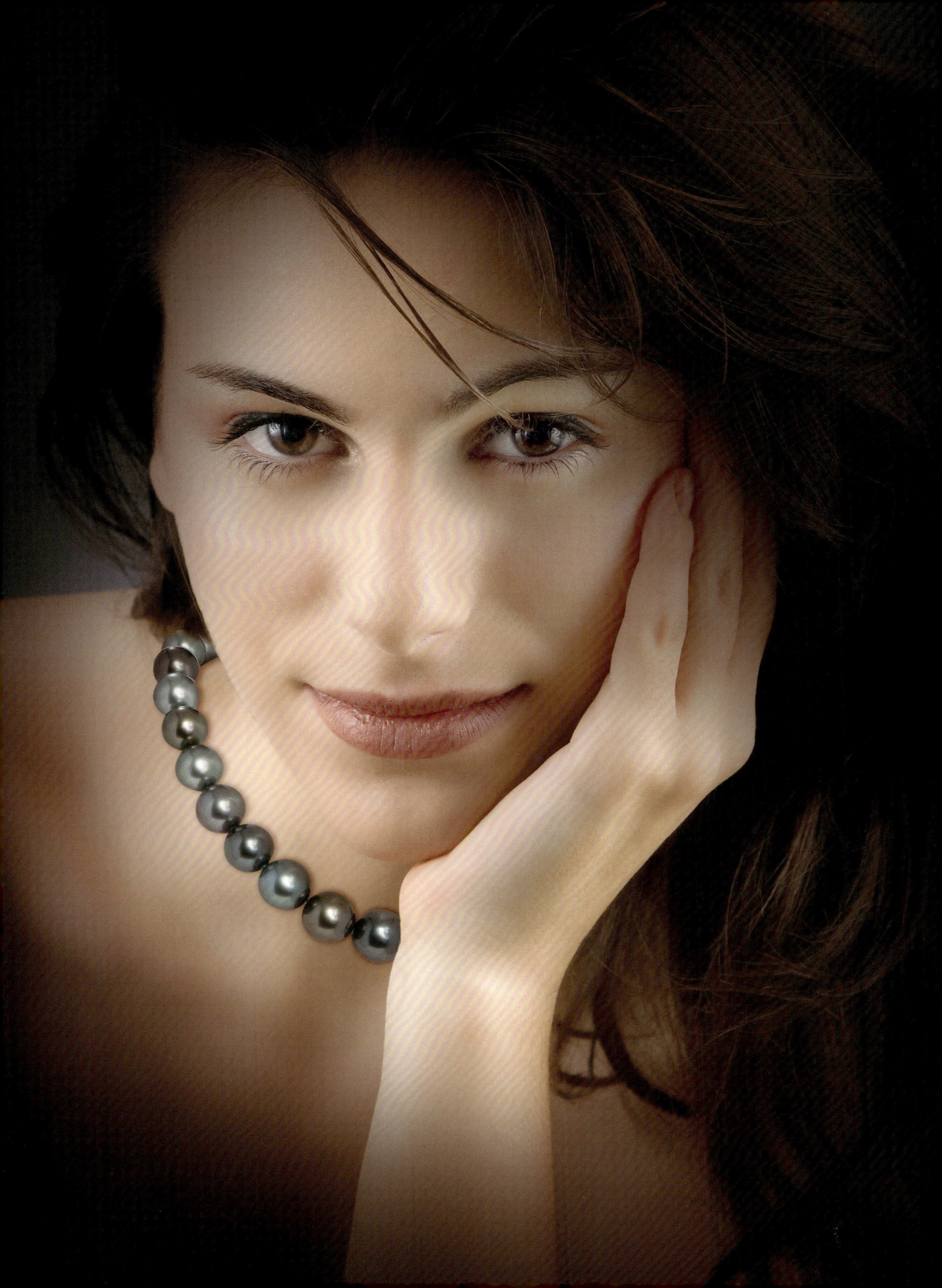

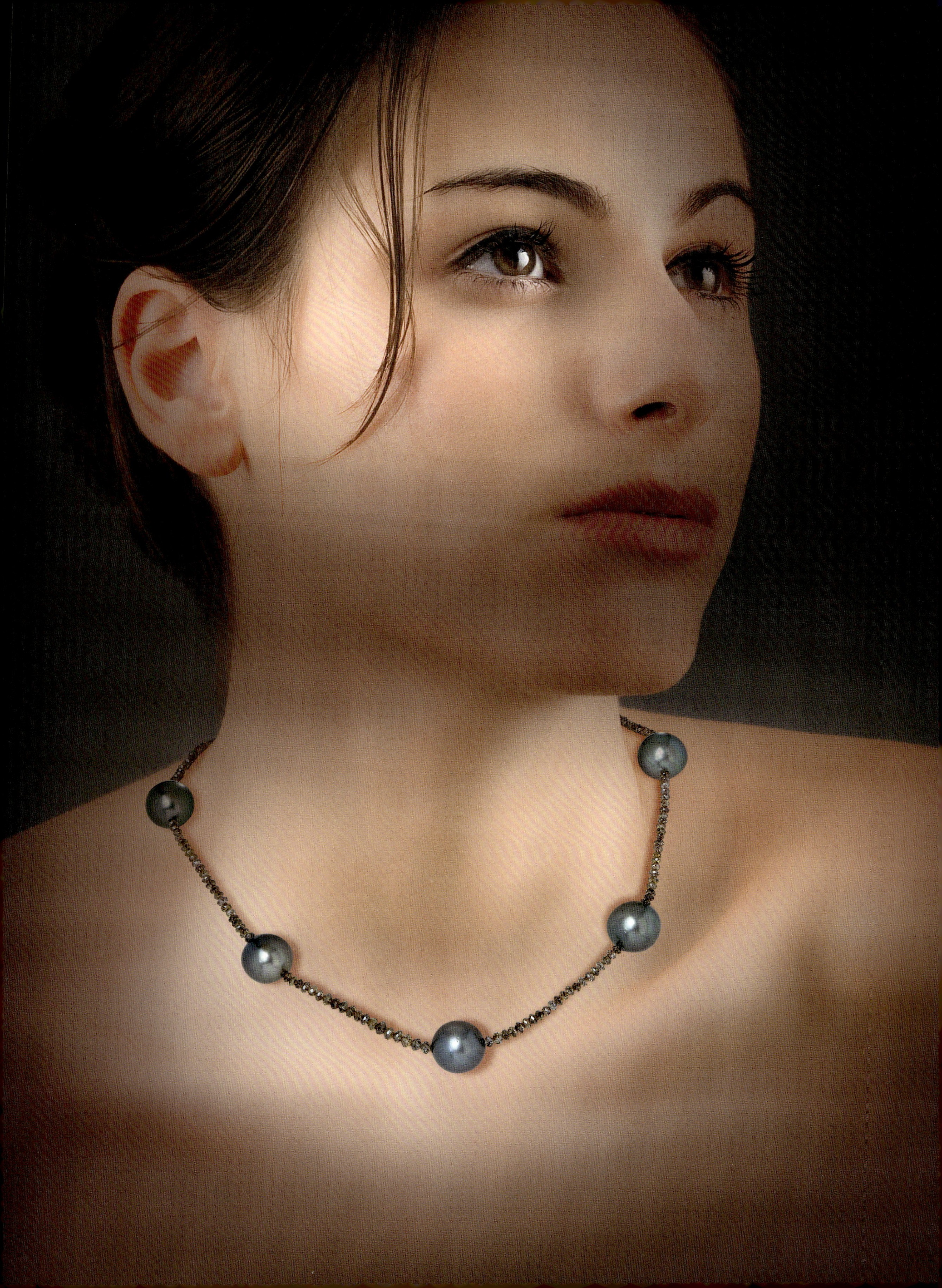

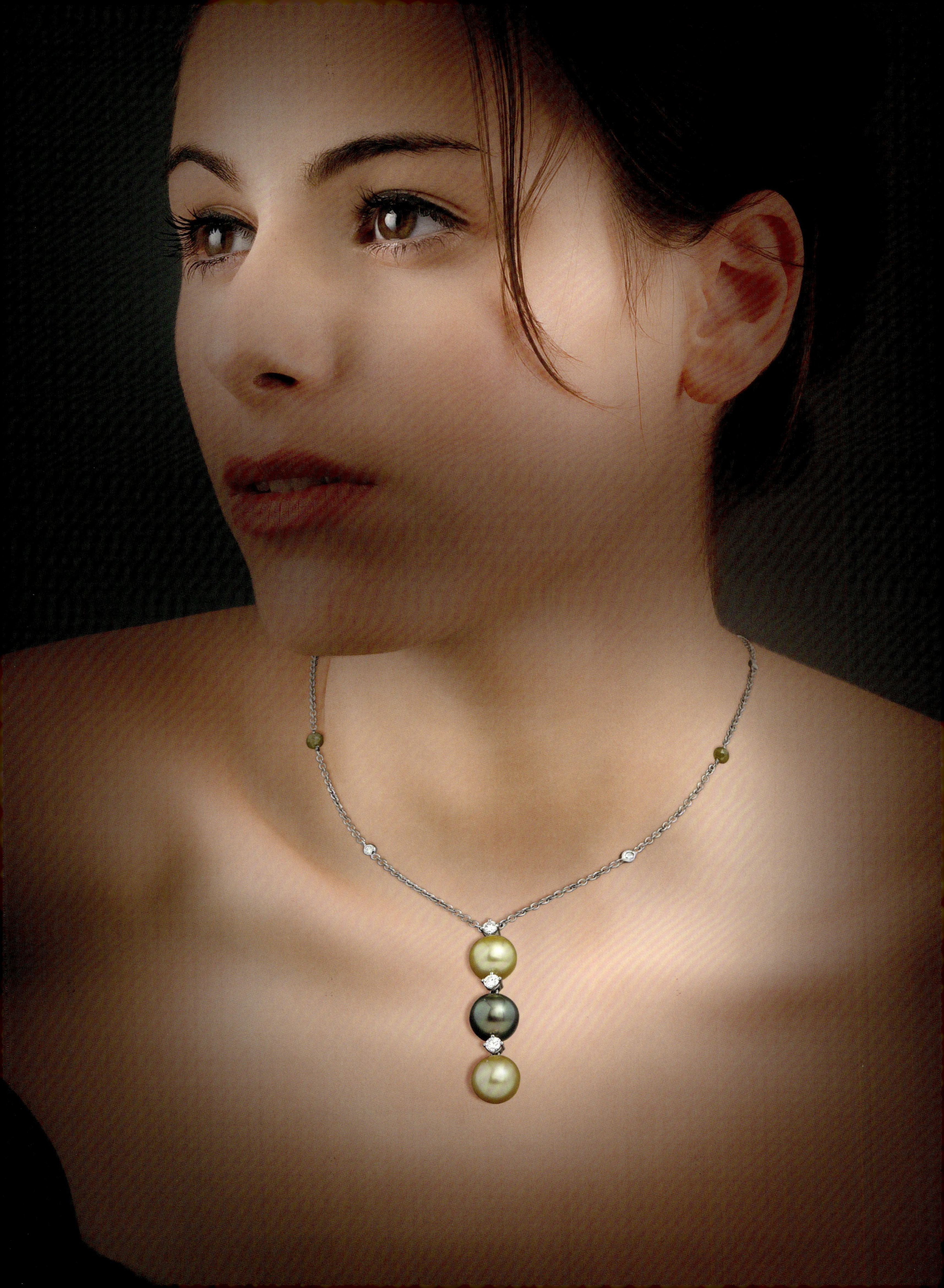

die redsea-zuchtperle

die perlauster der redsea-zuchtperle trägt den namen margaritifera variensis und ist eine nahe verwandte der in tahiti ansässigen schwarzlippigen austernart. sie sieht von außen der tahiti-perlauster sehr ähnlich, ist aber ein bisschen kleiner. die übliche perlgröße ist 7 bis 13 mm, selten darüber. das farbspektrum der perlen wechselt von grün bis platingrau, von bronzefarben bis elfenbein. auch blaugraue farbtöne, petrolfarben und pinkfarbene weißtöne sind standard.

das zuchtgebiet der redsea-cultured pearl ist das rote meer, ganz speziell in unserem falle die donganab-bay. diese bucht bietet voraussetzungen für die perlzucht, wie sie sonst wohl kaum irgendwo auf der welt anzutreffen sind. die bucht ist wahrscheinlich eine der ältesten perlfischer-gegenden überhaupt. hier wurden schon vor einigen tausend jahren die perlen für die pharaonen des alten ägypten gefischt. bohrungen bis 20 meter tiefe auf der insel, auf der die gästehäuser der perlfarm unterbracht sind, haben ergeben, dass die inseln der bucht ausschließlich aus muschelschalen bestehen, welche perlfischer hier in früheren zeiten abgelagert haben. vermutlich kamen die goldgelben perlen der ägyptischen königin nofretete aus dieser gegend.

die bucht selbst ist ein flussdelta aus geologischen urzeiten. eine maximale wassertiefe von 20 metern über eine fläche von ca. 100 quadratmeilen lässt ein ganz eigenes unterwasserklima entstehen, welches sich von dem des restlichen meeres stark unterscheidet.
da um die bucht herum ein riesiges wüstengebiet ohne irgendwelche vegetation liegt, wird es im winter so kalt, dass über nacht die pfützen der kameltränken zufrieren. im sommer dagegen kann man im sand spiegeleier braten. während im hauptteil des roten meeres die wassertemperatur zwischen sommer und winter kaum schwankt, kühlt sich in der bucht im winter das wasser auf bis zu 17°C ab und heizt sich im sommer auf bis zu 35°C (an flachen stellen noch mehr) auf.

bei hohen wassertemperaturen produzieren die muscheln sehr viel perlmutt. jedoch ist der lüster eines so rasch gewachsenen aragonits nicht sehr schön. bei kalten temperaturen lagert die muschel nur hauchdünne, feine schichten aragonit ab. die perle wächst kaum, erhält aber einen traumhaften lüster. dies ist das erfolgsrezept der donganab-bucht: schnelles wachstum der perlen im sommer, fantastischer lüster zur erntezeit im winter.

begonnen wurde die perlzucht hier von bill reeds. ein veteran der perlzucht mit über 40 jahren erfahrung im perlfarming, war er auch einer der mitbegründer der ersten perlfarm auf französisch-polynesien. somit ist er an der entstehung zweier zuchtperlarten maßgeblich beteiligt gewesen: der tahiti-zuchtperle und der redsea-zuchtperle.

bereits in den 60er-jahren war bill reeds für die sudanesische regierung tätig gewesen und untersuchte die bedingungen im roten meer. es war die zeit, in der in australien und tahiti die perlzucht begann. auch die sudanesische regierung rechnete sich chancen aus, bei dem weltweiten perl-zuchtboom mitzumischen. doch dann kippte die politische situation im lande und bill reeds musste den sudan verlassen. nationalistische und islamistische kräfte rissen die macht an sich und enteigneten und vertrieben zehntausende ausländischer geschäftsleute. anfang der 90er-jahre wurde bill reeds dann jedoch von mohammed osman, dem sohn eines religiösen führers im sudan und ein wohlhabender geschäftsmann, wieder ins land gerufen und gebeten, seine arbeit nochmal aufzunehmen.

nach ein paar anfänglichen untersuchungen entschied bill reeds sich für die donganab-bay als standort für eine perlfarm. ein paar investoren in dubai und australien waren schnell gefunden, und das projekt wurde gestartet. als man begann, die farm am rande der bay aufzubauen, gab es wirklich überhaupt nichts dort, außer sand und meerwasser. man schlief im schlafsack am strand und war tagsüber hauptsächlich damit beschäftigt aufzupassen, dass das material nicht verschwand. alles musste dreimal importiert werden, um letztlich einmal vorhandenzusein.

das bauholz verschwand tagsüber unter dem sand und wurde nachts von den arbeitern wieder hervorgeholt – jede bretterbude in donganab ist aus gestohlenem bauholz der perlfarm gebaut. bis zu beginn der perlfarm gab es überhaupt nichts in der gegend. selbst ein hammer war ein sehr begehrter schatz. man konnte damit ein geschäft anfangen, z.b. häuser bauen. so vergingen die ersten jahre, bis die infrastruktur der perlfarm stand. mit einem großen zaun um den komplex und ein paar festen arbeitern, denen man vertrauen konnte, ging es dann mitte der 90er-jahre los.

die ersten perlen wurden anfang 2000 geerntet und sorgten für eine gehörige verwirrung, besonders auf dem deutschen markt. immerhin hat die traditionelle perltauchgegend des roten meeres vermutlich das gleiche potenzial wie nordaustralien oder tahiti. die tatsache, dass die redsea-zuchtperle erst um die jahrtausendwende geboren wurde, resultierte lediglich aus der politischen unstabilität des sudans. hätte bill reeds in den 60er-jahren seine arbeit fortsetzen können, dann hätten wir jetzt vielleicht kein duo aus südsee- und tahiti-zuchtperlen, welches den perlmarkt regiert, sondern ein trio.

die redsea-zuchtperle ist in ihrem lüster, aufgrund der kalten wassertemperaturen im winter (zur erntezeit), sowohl der tahiti-zuchtperle als auch der südsee-zuchtperle überlegen. in ihren farbschattierungen hat sie ein viel reicheres spektrum. die mararitifera variensis produziert zwar keine rein weißen perlen (wie die pinctada maxima) und keine ganz dunklen (wie die tahiti perlauster), hat aber mit den grünlichen und bronze-farbtönen einen ganz eigenen charakter und füllt eine lücke im perlmarkt, die keine andere perlart füllen kann. entsprechend positiv war das echo des marktes. die vermarktung der perlen wurde exklusiv an unsere firma „diamantschleiferei michael bonke" übertragen, und als im april 2001 die cibjo die neue zuchtperlart offiziell in ihre nomenklatur aufnahm, waren die weichen für ein neues mega-projekt auf dem internationalen perlmarkt gestellt.

doch leider blieben und bleiben die produktionszahlen der perlfarm weit hinter den erwartungen zurück. nach einem anfänglichen investment von ein oder zwei millionen dollar, hätte man noch etwa zehnmal so viel investieren müssen, um die farm auf ein niveau zu bringen, wo sie in großem stil wirtschaftlich hätte arbeiten können. man hätte viel mehr boote benötigt, eine größere meerwasserentsalzungsanlage, größere gebäude usw., um die perlfarm dahin zu bringen, dass sie mindestens 100.000 perlen pro jahr produziert. als kleiner mittelständischer betrieb hatte und hat die farm große schwierigkeiten, draußen in der wüste, fünf autostunden, ohne straße, entfernt von der nächsten siedlung. jede fachkraft, jeder gute taucher musste aus australien oder japan kommen. es gab keinen wirklichen lokalen arbeitsmarkt mitten in der wüste und keine sudanesen, denen man die teuren boote und geräte hätte anvertrauen können. und ein australischer oder japanischer perloperateur kostet im sudan, fernab von der zivilisation das dreifache als zuhause.

im sudan herrschte zur zeit, als wir das erste mal die perlfarm besuchten, das kriegsrecht. der standort der perlfarm liegt im sperrgebiet, und um dort überhaupt hinfahren zu können, braucht man eine erlaubnis des ministeriums. alles ist extrem kompliziert. jedes ersatzteil für einen bootsmotor, jeder kübel farbe muss aufwendig importiert werden und dauert ewig bis er ankommt.

das wirklich große problem jedoch ist die instabile politische situation im sudan. mit dem bürgerkrieg im süden und in dafur im westen, mit einer aggressiven haltung der behörden gegenüber den christen im lande und mit täglich neuen enteignungen ausländischer firmen, konnte man die investoren der perlfarm nicht dazu bewegen, neues kapital in das projekt zu stecken. pearlfarming ist ein sehr langsames geschäft. es dauert zehn jahre, bis man aus dem investierten kapital eine rendite erwirtschaften kann. doch wer weiß, wie in zehn jahren die politische situation im sudan aussieht?

und so wurde beschlossen, das projekt mit den vorhandenen mitteln auf sparflamme laufen zu lassen, bis sich die situation im sudan etwas stabilisiert und ein bisschen mehr investitionssicherheit ausstrahlt. und in dieser phase sind wir leider jetzt noch. die perlfarm in der donganab-bucht produziert nur einen bruchteil der perlen, die wir allein in deutschland verkaufen könnten, aber von unserer seite können wir kaum etwas tun, um die produktion hochzufahren.

und so hoffen wir denn, dass sich die lage im sudan bald verbessern wird, damit das projekt redseazuchtperle zu dem werden kann, zu dem es eigentlich werden könnte und müsste. bis dahin verkaufen wir unsere redsea-zuchtperlen nur an ausgewählte juweliere oder verwenden die tollen farbigen perlen eher zum mischen in multicolour-perlketten zusammen mit südsee-, tahiti- und süßwasser-zuchtperlen. der ganz große auftritt steht der redsea-zuchtperle noch bevor. er wird kommen, das ist sicher.

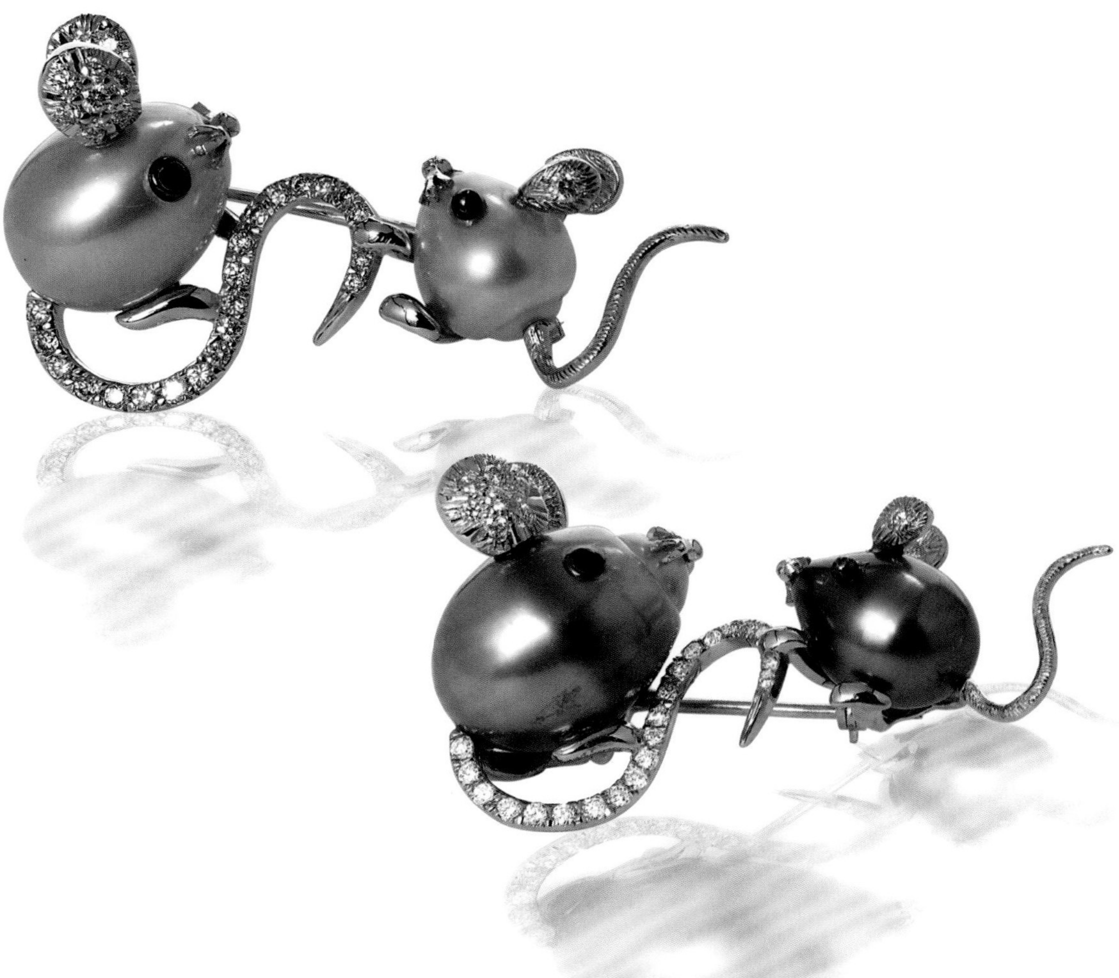

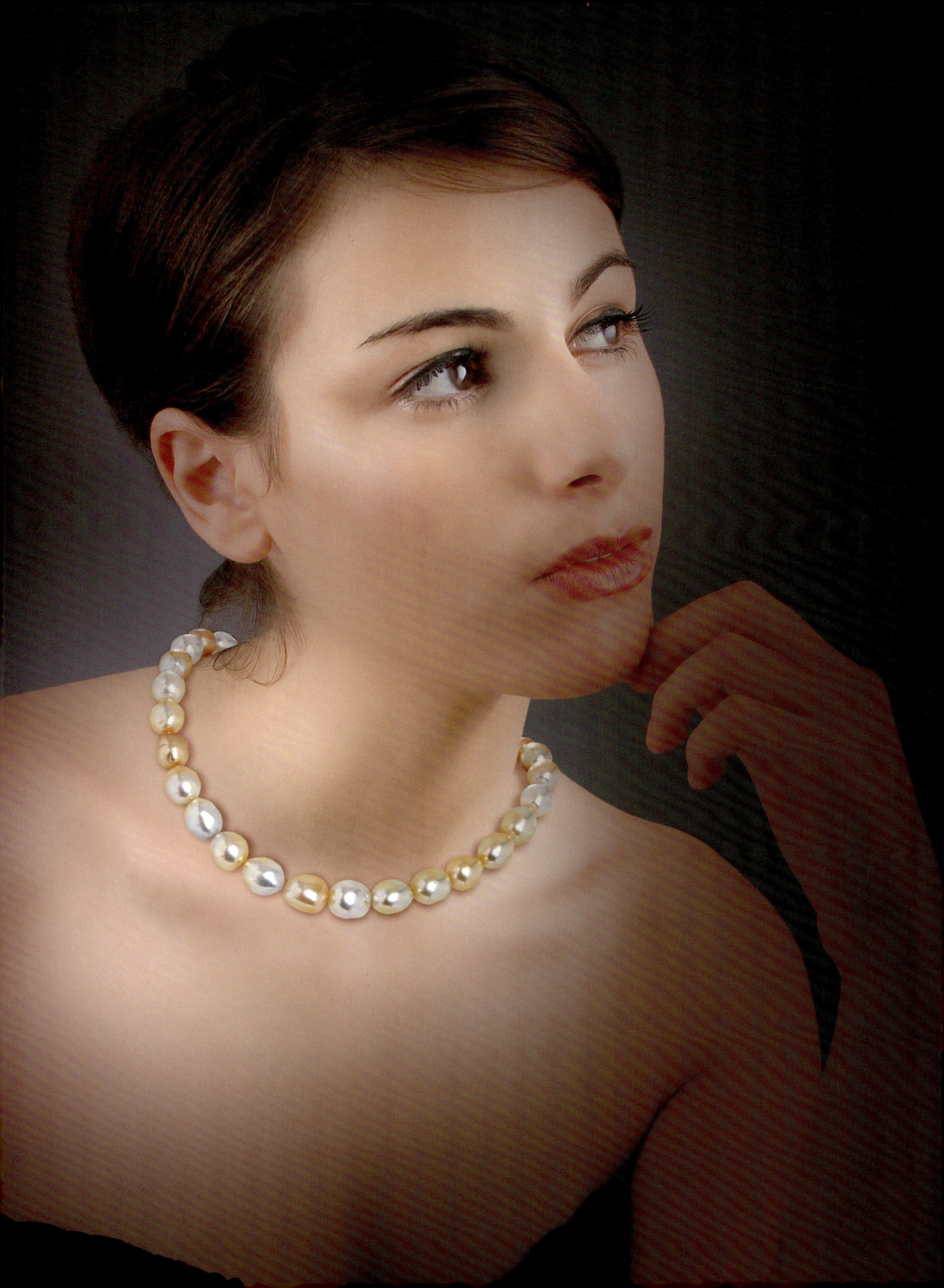

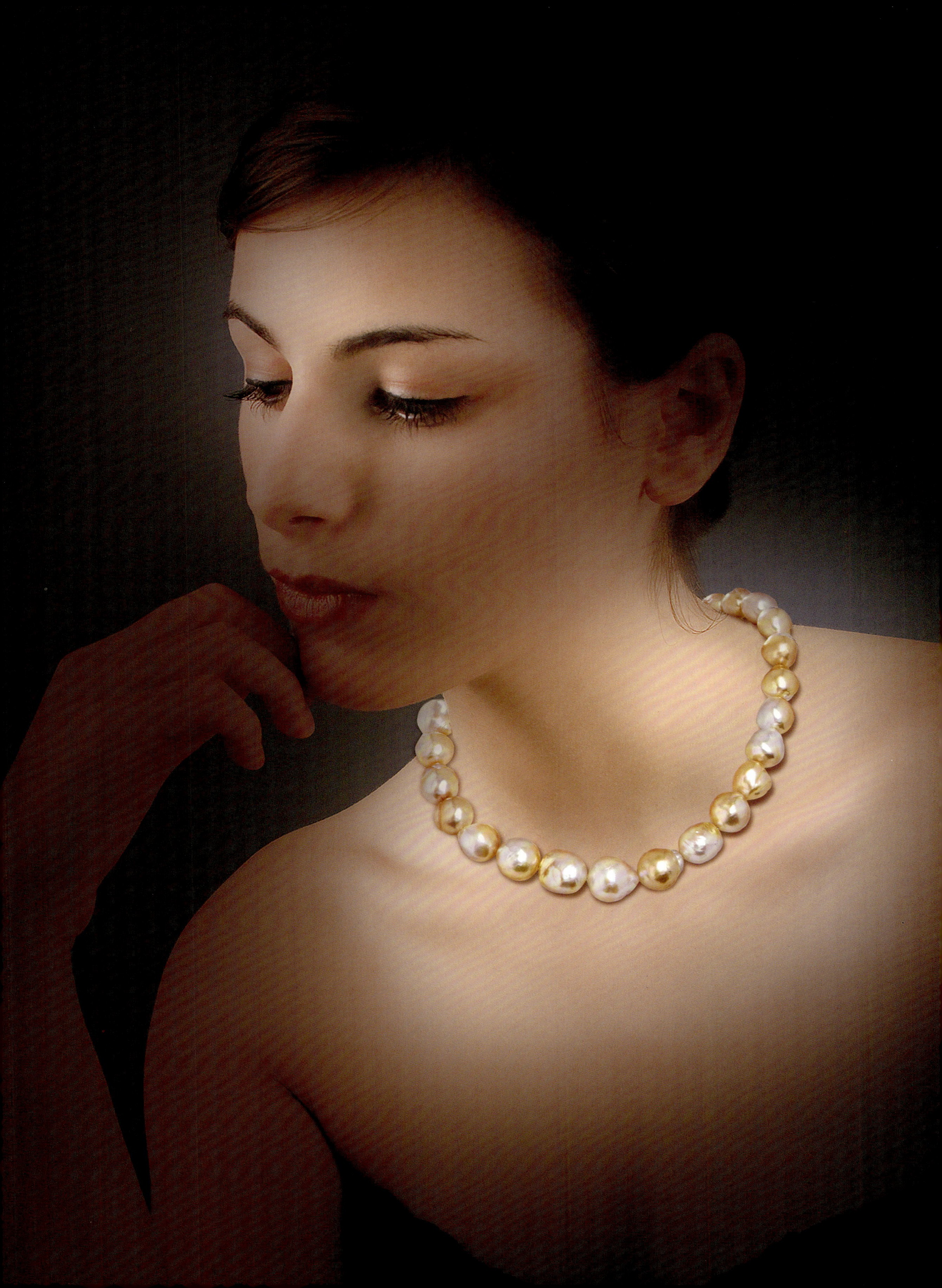

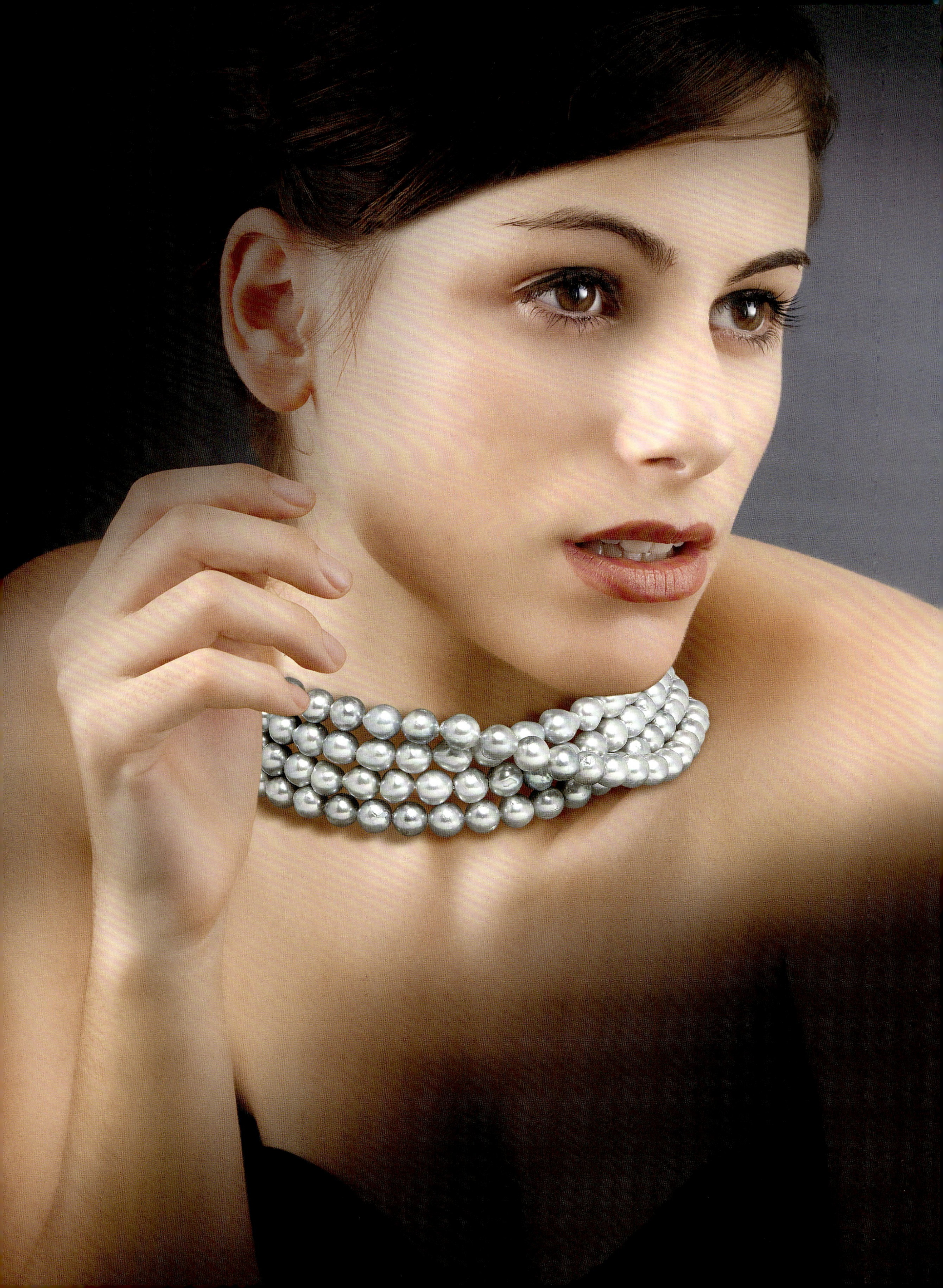

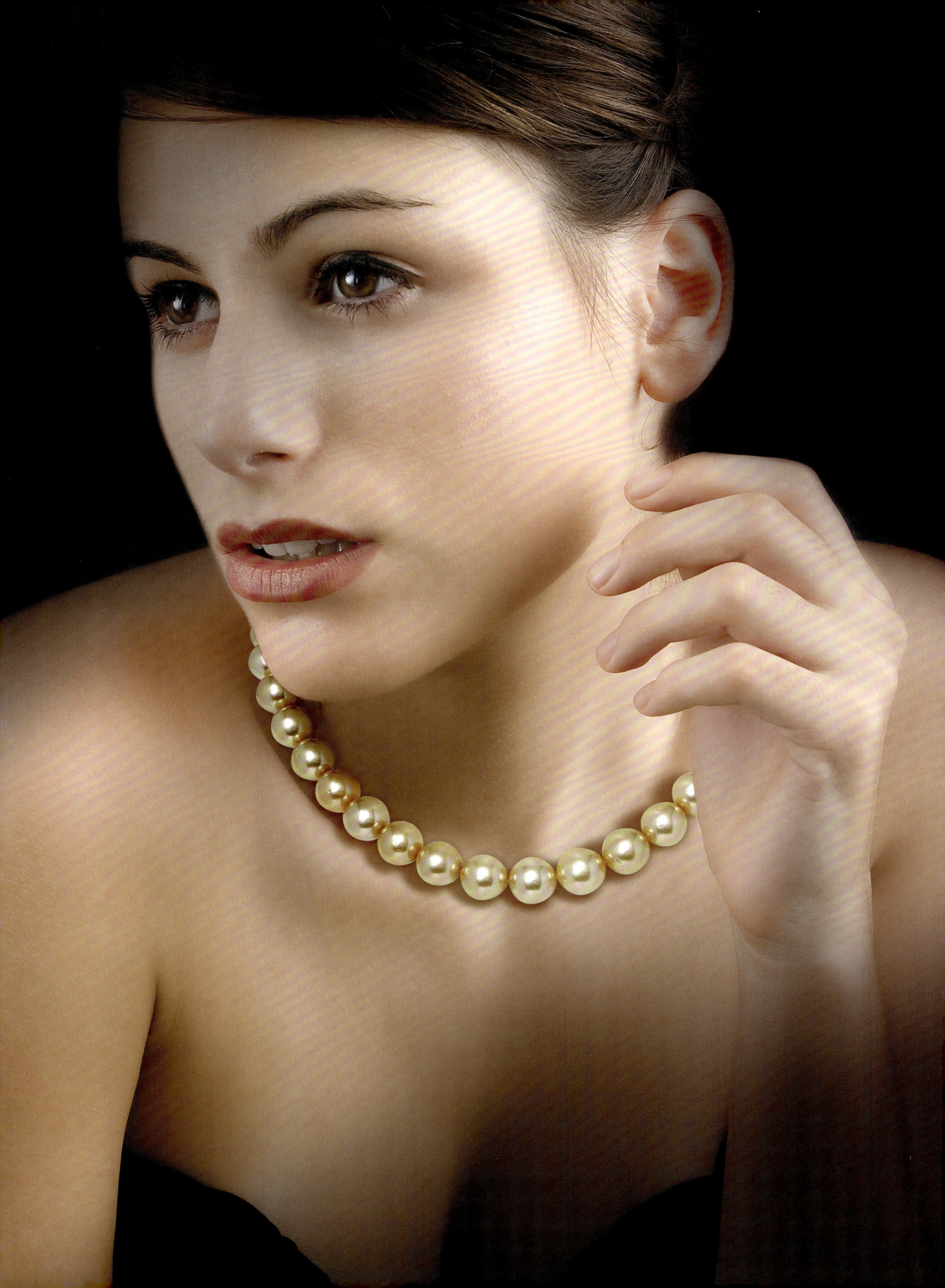

süßwasser-zuchtperlen

in der schmuckbranche hat die süßwasser-zuchtperle heute keinen allzuguten ruf. das liegt aber vor allem an der chinesischen süßwasser-zuchtperl-industrie. diese hat mit massenproduktion und chemisch-thermischen bleichverfahren ein kurzlebiges produkt geschaffen, welches zu dumpingpreisen überall auf der welt über die ladentische der kaufhäuser geht und eigentlich eher als modeschmuck bezeichnet werden sollte.

man sollte jedoch diese verirrung des marktes nicht als aushängeschild für einen ganzen perlsektor, für die süßwasser-perle als solches, nehmen. süßwasser-perlen und süßwasser-zuchtperlen sind nicht per se minderwertige perlen. weder in qualität noch im preis. nur die in china hergestellten chemisch und thermisch behandelten weißen süßwasser-zuchtperl-ketten sind minderwertig. sowohl in der qualität als auch im preis. ansonsten gibt es hervorragende süßwasser-zuchtperlarten, die sowohl in qualität als auch in ihrer hochwertigkeit den meeres-zuchtperlen in nichts nachstehen.

in der antike, im mittelalter und dem größten teil der neuzeit, wurde zwischen süßwasser- oder meeresperlen nicht unterschieden. perlen waren perlen. einige historiker behaupten, dass der grund für cäsars invasion in england die schottischen süßwasser-perlen waren. cäsar war bekannt für seine leidenschaft für perlen, und die flussperlen schottlands waren schon im alten rom berühmt und sind es noch heute.

leider hat die industrialisierung durch ihre gewässerverschmutzung den größten teil der muschelbestände in den schottischen flüssen vernichtet. doch werden dort ab und zu immer noch wertvolle perlen gefunden. der bekannteste fund unserer zeit war die berühmte „little willie pearl", angeblich die einzige absolut perfekte schottische süßwasser-perle seit jahrhunderten. sie wurde 1967 im river tay gefunden und es dauerte 25 jahre bis sich ein käufer dafür fand.

die reichen süßwasser-perlbestände nordamerikas lösten im 16. und 17. jahrhundert einen regelrechten „pearl-rush" aus und füllten die schmuckschatullen englischer und spanischer königshäuser. auch die bäche des bayerischen waldes beherbergten früher eine perlen-produzierende muschelart, welche den einheimischen goldschmieden die „bayerwaldperle" bescherte.

die produktion von zuchtperlen nahm eigentlich ihren anfang mit süßwasser-muscheln in china. im frühen mittelalter wurden kleine bleierne buddhafiguren in die teichaustern eingesetzt, die dann innerhalb von ein bis drei jahren von den muscheln mit perlmutt überzogen wurden. dies waren vermutlich die ersten „zuchtperlen". die technik geriet jedoch anscheinend in vergessenheit, und erst anfang des 20. jahrhunderts wurde die technik, perlen zu züchten, in japan neu entdeckt und entwickelt. dieses mal arbeitete man allerdings mit meeres-austern.

die heutige süßwasser-perlzucht nahm ebenfalls in japan ihren anfang mit kleinen unförmigen perlen, die im größten japanischen binnengewässer, dem biwasee gezüchtet wurden. diese, in großen massen produzierten perlen waren von anfang an sehr billig, unterschieden sich aber durch ihre reiskorn-form und größe und ihr meist rosafarbenes perlmutt von den klassischen zuchtperlen. in den frühen 90er-jahren machte in deutschland dann eine zuchtperlart karriere, welche im zweitgrößten see japans, dem kasumiga-see gezüchtet wurde. die „kasumiga-zuchtperle" war eine pink bis laven-

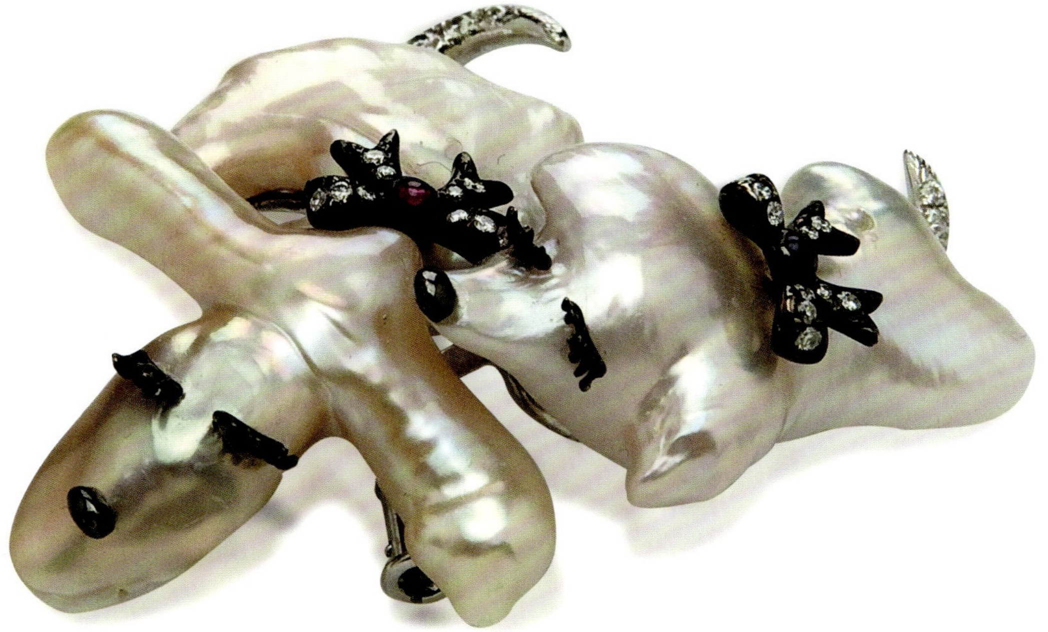

delfarbene zuchtperle von feinem lüster und hochwertigem perlmutt. die pinkfarbenen stränge der kasumiga-zuchtperlen wurden für enorme summen gehandelt. in den nobel-juwelierläden zahlte man bis zu 20.000 dm für einen strang. bald darauf jedoch kam eine ziemlich identisch aussehende süßwasser-zuchtperle aus china auf den markt, die nicht einmal 10% soviel kostete. ohne fachmännisches wissen konnte man die beiden produkte nicht voneinander unterscheiden, und es gab auch keinerlei anzeichen, dass das chinesische produkt in langlebigkeit oder qualität des perlmutts dem japanischen in irgendeiner weise nachstand. der hauptunterschied war, dass die japanischen kasumiga-zuchtperlen mit perlmuttkern und die chinesischen kernlos produziert wurden. der unterschied war jedoch nicht sichtbar und hätte ohnehin eher einen gütevorteil für die sehr viel billigere chinesische süßwasser-zuchtperle sein müssen.

zeitgleich fingen die chinesen an, die rosafarbenen zuchtperlen zu bleichen und kamen so zu weißen zuchtperlen, die man sehr viel schneller und billiger produzieren konnte, als die japanischen akoya-zuchtperlen. während man bei der japanischen akoya-zuchtperle, oder auch bei der australischen südsee-zuchtperle, immer einen einzigen perlmuttkern und ein stückchen perlmuttbildendes gewebe in die keimdrüse der meeres-auster einsetzt, setzt man in die chinesische süßwasser-muschel 20 bis 35 stückchen perlmuttbildendes gewebe ohne perlmuttkerne zwischen muschelschale und muschelfleisch ein. so produziert eine chinesische süßwassermuschel 25 bis 30 perlen in der gleichen zeit, in der die japanische auster eine einzige perle produziert. die japanische auster muss aufwendig gewartet werden. die perlnetze müssen alle sechs wochen gereinigt und gedreht werden, während man die chinesischen muscheln nach einer einzigen anfänglichen inspektion bis zur ernte nicht mehr in die hand nimmt. rechnet man noch die billigen löhne in china in die gleichung mit ein, dann ist der produktionspreis einer chinesischen süßwasser-zuchtperle nicht einmal ein tausendstel von dem kostpreis einer japanischen akoya-zuchtperle und weniger als ein zehntausendstel einer australischen südsee-zuchtperle.

der nachteil der chinesischen süßwasser-zuchtperle ist einmal die tatsache, dass alle weißen perlen erhitzt und gebleicht sind. die naturfarbe der chinesischen süßwasser-perlen ist immer pink bis lavendelfarben, bzw. grau. weiße süßwasser-zuchtperlen sind immer gebleicht. der zweite nachteil ist, dass das schnell wachsende perlmutt der süßwasser-zuchtperle in der regel nicht ganz so widerstandsfähig ist, wie das der meeres-zuchtperlen. in der summe ergeben diese beiden faktoren, dass weiße chinesische süßwasser-zuchtperlen nach ein paar jahren ihren lüster verlieren und weiße, matte flecken entwickeln. wenn süßwasser-perlen nicht behandelt sind (z.b. die pinkfarbenen oder lavendelfarbenen), dann sind diese in beständigkeit und qualität vergleichbar mit meeres-zuchtperlen.

ein weiteres ungeliebtes merkmal der süßwasser-zuchtperlen ist die form der perle. da kein perlmuttkern in die muschel eingesetzt wird, sondern nur ein stückchen perlmuttbildendes gewebe, ist die form der perle meistens nicht perfekt rund.

im süßwasserbereich gibt es aber auch viele spezialitäten. große barock-perlen beispielsweise, welche auch durch einsetzen eines perlmuttkerns und etwas perlmuttbildendes gewebe gezüchtet werden, genauso wie bei den meeres-zuchtperlen. solche besonderheiten sind oft nur schwer von anderen meeres-zuchtperlen zu unterscheiden. man kann also nicht alle süßwasser-zuchtperlen pauschal für minderwertig erklären.

in den jahren von 1995 bis 2005 wurden jedes jahr mehr süßwasser-zuchtperlen in china produziert, und die preise sanken jahr für jahr. inzwischen hat sich die entwicklung umgedreht. die produktionsmöglichkeiten und die aufnahmefähigkeit des marktes haben ein maximum erreicht. außerdem sind die löhne in china stark im steigen. und so sinken seit ein paar jahren die produktionszahlen wieder und gleichzeitig steigen die preise für süßwasser-zuchtperlen.

es wird immer ein segment des marktes geben, welches sich am unteren ende der preisskala bewegt. diesen teil des marktes decken die süßwasser-zuchtperlen ganz gut ab. es bleibt nur zu hoffen, dass die chinesen ihre produktionsmethoden dahingehend verfeinern, dass der lüster der perlen etwas beständiger ist.

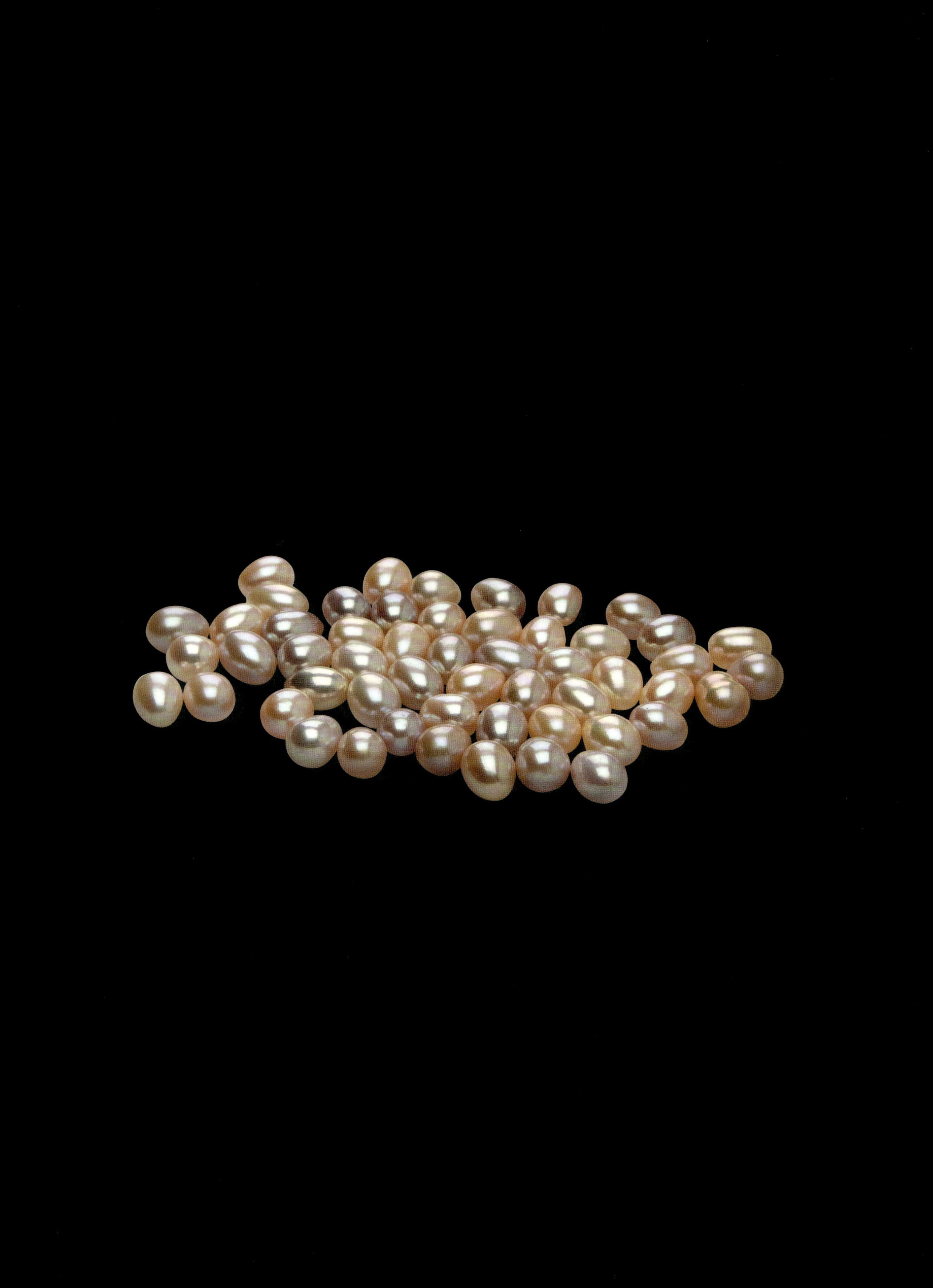

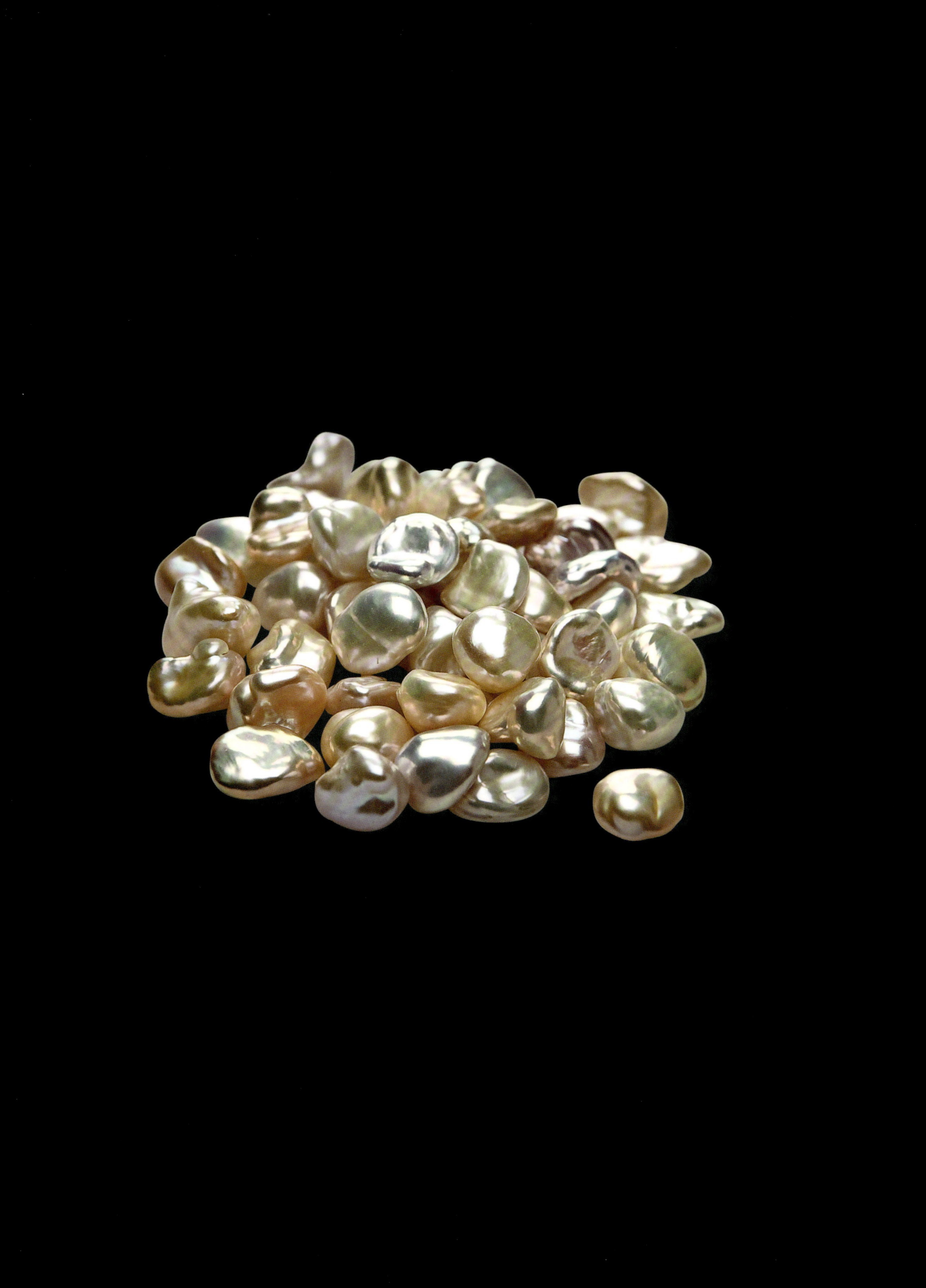

die pflege von perlen

der alte spruch „perlen wollen getragen werden" birgt viel wahrheit. man muss sich den aufbau des perlmutts vorstellen wie ein ziegelmauerwerk. die ziegel sind das aragonit, ein hartes, transparentes kristall. der mörtel sind die etwa 5 % organischen substanzen, hauptsächlich proteine, und die 2 % wasser, welche im verbund mit wasserlöslichen organischen substanzen vorkommen. diese 7 % wasser, proteine und minerale machen den kleber aus, der die aragonit-kristallschichten zusammenhält. außerdem schützen sie die aragonit-kristalle und verhindern, dass diese sich zu dem energiestabileren kalzit umwandeln.

wenn die organischen substanzen im perlmutt geschwächt werden, z.b. durch entzug des wassers im perlmutt, dann werden sie angegriffen und bauen sich ab. deswegen profitiert das perlmutt von der natürlichen feuchtigkeit der haut, von dem fettgehalt der haut usw.

perlmutt ist an sich eine sehr stabile substanz. wie wir an den historischen perlen sehen, übersteigt die lebensdauer einer perle durchaus unsere geschichtlichen dimensionen. die älteste bekannte perle, die jamon-perle aus japan ist über 5000 jahre alt und existiert immer noch. trotzdem ist ein schleichender verfall des aragonits in kalzit immer zumindest potenziell vorhanden, und alles hängt davon ab, ob die äußeren umstände diesen prozess fördern oder nicht.

perlen sollten nicht austrocknen. deswegen sollten perlen, wenn nicht regelmäßig getragen, ab und zu befeuchtet werden. das befeuchten von perlen tut der perle immer gut, deswegen könnten sie auch einfach regelmäßig, alle paar monate, ihre perlenkette in ein mit salzwasser angefeuchtetes tuch einhüllen. das salz im wasser verhindert, dass das wasser eventuell sauer ist (z.b. kohlensäure enthält).

aragonit ist sehr empfindlich gegen jede art von säuren. wie die anekdote von kleopatra und ihren perlen zeigt, kann man mit essigsäure perlen auflösen. perlen müssen also auf alle fälle fern von allen säuren gehalten werden: essig, zitronensaft, orangensaft, usw. auch sollten sie keine anderen chemikalien mit ihren perlen in berührung bringen, also haarspray, parfüm, chemisch gebleichte oder parfümierte hautcremes, etc.

reinigen sie perlen niemals im ultraschall! verwenden sie zur reinigung ihrer perlen kein schmuckreinigungsmittel, selbst wenn in der gebrauchsanleitung steht, dass es für perlen geeignet ist!

perlen werden von anderen, harten gegenständen verkratzt. transportieren sie daher perlen nie zusammen mit anderem schmuck, nagelfeilen, etc. verstauen sie ihre perlen immer in eine eigene perltasche aus stoff, leder oder kunstleder.

scharfe seifen schaden ihren perlen. auch das gechlorte wasser ihres swimmingpools. perlen sollten nicht sinnlos oder zu lange in der prallen sonne liegen. es macht ihren perlen nichts aus, wenn sie diese im freien in der sonne tragen. aber wenn ein juwelier eine perlenkette monatelang im schaufenster dem prallen sonnenlicht aussetzt, dann nimmt die perlenkette dadurch definitiv schaden. die trockene luft des föhns trocknet ihre perlenkette aus. wenn sie sich föhnen, nehmen sie bitte vorher ihre perlenkette ab!

zum guten service ihrer perlenkette gehört es auch, dass sie diese ab und zu neu auffädeln lassen. sowohl perlseide als auch ein stahlseil sind nicht für die ewigkeit gemacht. eine auf perlseide aufgefädelte kette sollten sie alle jahre überprüfen oder neu knüpfen lassen, eine auf stahlseil aufgezogene kette alle drei jahre.

eine gute qualität an perlen dürfte sich innerhalb eines menschenlebens nicht im ausdruck verschlechtern, wenn man all diese punkte wirklich beachtet.

der aberglaube von den perlen und den tränen

nur im deutschsprachigen kulturkreis existiert der eigenartige aberglaube, perlen bedeuten tränen, oder perlen bringen tränen. ob ihn ein gequälter ehemann erfunden hat, um dem ansinnen seiner frau nach einer teuren perlenkette zu entkommen, ist nicht sicher. sicher ist aber, dass vielen ehemännern dieser aberglaube sehr gelegen und er auch meistens dann zur anwendung kommt, wenn dahinter keine sorge um künftige tränen, sondern eher um die finanzen des hausherrn im vordergrund steht.

der extrem hohe preis von perlen in der antike und im mittelalter mag schon die eine oder andere träne provoziert haben. sei es von seiten des ehemannes, der damit vielleicht seine finanzen und seine zukunft für immer ruinierte, sei es von seiten der ehefrau, wenn sie die perlen doch nicht bekam. und wenn sie die perlen bekam, standen mit sicherheit einige freudentränen an.

wahrscheinlicher ist jedoch, dass der aberglaube mit den verschiedenen entstehungsgeschichten der perle zu tun hat. laut der griechischen mythologie sind perlen ja die verwandelten freudentränen der aphrodite, der liebesgöttin. die perser glaubten ganz allgemein, perlen seien tränen der götter. man konnte sich in der antike nicht vorstellen, woher die perlen in den muscheln kamen. selbst plinius im alten rom, welcher eine 37-bändige kulturgeschichte verfasste, glaubte anscheinend, dass perlen entstünden, wenn muscheln an die oberfläche des meeres kämen, sich öffneten und im mondlicht den vom himmel herunterfallenden tau aufnahmen. die entstehung der tautropfen war in der antike ein ebensolches rätsel wie das der entstehung der perlen. und so glaubte man im alten rom, perlen entstünden aus tautropfen. im arabischen raum gab es eine legende, bei der nicht nur das mondlicht zur entstehung einer perle aus einem tautropfen notwendig war, sondern auch gleichzeitig das von einigen planeten.

eine weitere wurzel für den aberglauben mag die trauerordnung am preußischen hof im vorletzten jahrhundert gewesen sein. bei einem todesfall in der näheren verwandtschaft war das tragen von schmuck für die trauerzeit untersagt. mit ausnahme von perlschmuck. wenn jemand daher nur perlschmuck trug, keinen anderen schmuck, dann konnte man davon ausgehen, dass er einen trauerfall zu beklagen hatte.

in keiner legende oder mythologie erscheint die träne als folge einer perle. die träne (z.b. der götter) ist immer die ursache der perle, nicht umgekehrt. in allen anderen kulturen steht die perle für glück, für liebe, für reichtum. eine negativ-symbolik ist aus anderen kulturkreisen nicht bekannt. vielleicht entstand der in deutschland verbreitete aberglaube ja wirklich im schwabenländle, wo man eine ausrede brauchte, um einer situation zu entkommen, wo die frau die freudentränen und der mann die tränen der verzweiflung vergossen hätte.

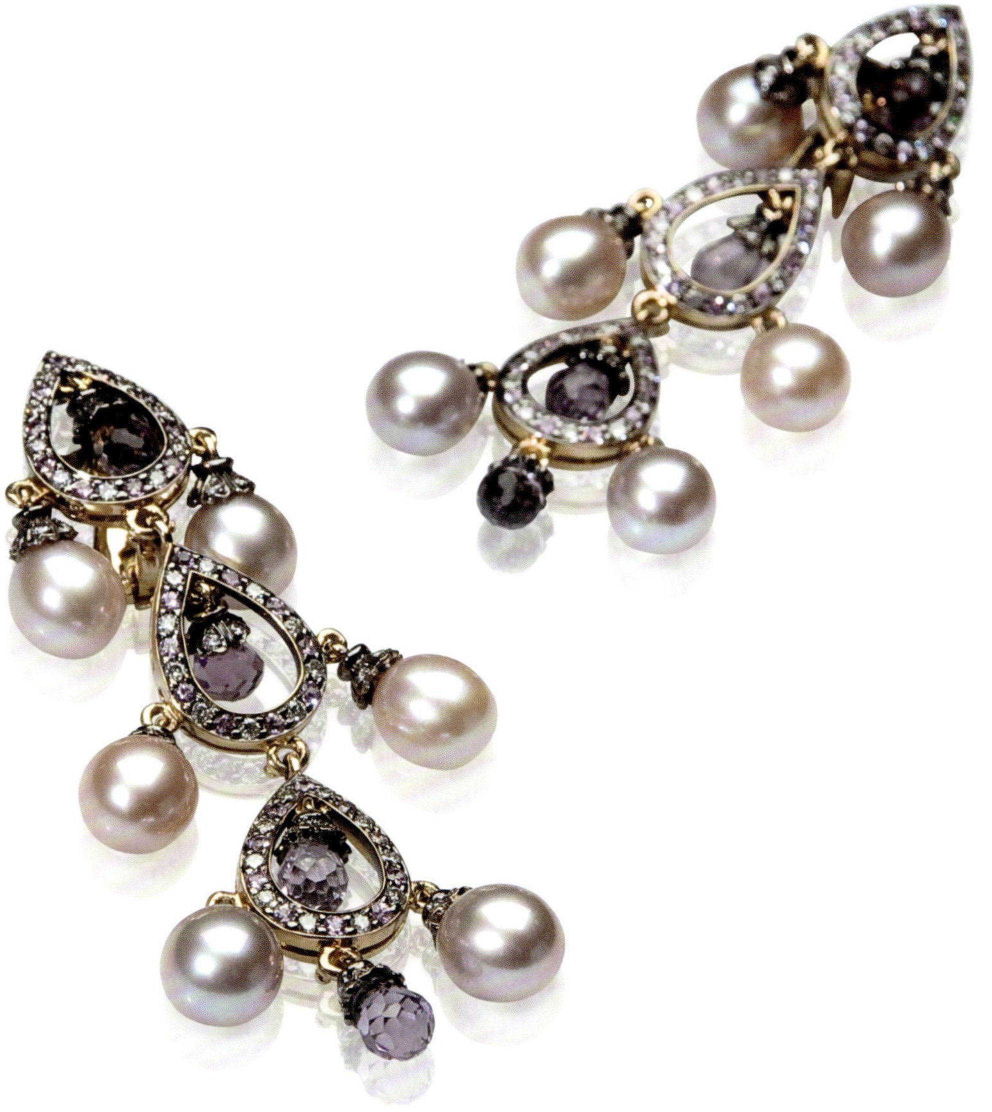

die werthaltigkeit von perlen

die frage nach der werthaltigkeit von perlen ist ein schwieriges kapitel. bei perlen ist die situation nicht so einfach wie bei diamanten. diamanten sind vom wertverhalten sehr homogen. kleinbrillanten bleiben im preis etwa gleich oder steigen sehr langsam; große steine und top-qualitäten haben generell einen hohen wertzuwachs. bei perlen muss man sehr differenzieren.

ganz allgemein gilt natürlich, dass eine perlenkette hundertmal besser ihren wert hält, als ein auto oder ein pelzmantel. eine gut gepflegte perlenkette behält ihren lüster über viele generationen, was man von einem pelzmantel nicht gerade behaupten kann. wie man an den historischen perlen sehen kann, sind perlen eventuell auch noch nach bis zu 5000 jahren schöne perlen. insofern ist die beständigkeit des produktes an sich schon mal gegeben. perlen sind eines der wenigen konsumgüter, die man vererben kann. man kauft sich perlen (abgesehen von billigen süßwasser-perlen) fürs ganze leben, nicht als verbrauchsartikel.

naturperlen werden nicht mehr produziert und werden damit immer seltener. insofern ist ihre seltenheit garantiert, und ihr wert ist im moment auch kräftig im steigen. zuchtperlen hingegen sind ein landwirtschaftliches, oder besser aquatechnisches produkt, und dessen preis kann immer nur um ein bestimmtes maß steigern. steigt ein bestimmes segment der perlen überproportional, so würde man es stärker produzieren. durch die zeitverzögerung in der produktion (ein produktions-zyklus beträgt etwa drei jahre) kann die perlproduktion natürlich nur sehr langsam auf modetrends reagieren. deswegen kommt es verschiedentlich schon zu gehörigen preisausschlägen auf dem markt. ausgenommen von der regel, dass die produzierbaren perlen nur moderat im preis steigen, sind solche perlenarten, bei denen die lebensanforderungen der muscheln des produktes keine unbegrenzte produktion erlauben. so steigen qualitäten von perlen, die nicht einfach zu erzeugen sind, derzeit recht gut im preis. es gibt beispielsweise viel zu wenig akoya-perlen in der größe von 10 mm durchmesser und mit gutem lüster. entsprechend steigt der preis von diesem speziellen produkt derzeit recht stark.

ganz allgemein ist die entwicklung auf dem perlmarkt derzeit so, dass top-qualitäten wertmäßig eher im steigen sind, mittlere und schwache qualitäten eher im fallen. eine ausnahme bilden hier die chinesischen süßwasser-zuchtperlen. diese gehen ganz allgemein im moment im preis nach oben. grund dafür sind die allgemein ansteigenden löhne in china und der beständige wirtschaftsboom, welcher die kosten von land und produktionsmittel in die höhe treibt.

durch unterschiede zwischen produktionsprofil und konsumprofil der verschiedenen perlen ergibt sich auch oft eine eigenartige steigerung im preis. vor zehn jahren waren barocke südsee-perlen ganz unten auf der preisliste der verschiedenen formen der perlen. perfekte runde perlen kosteten etwa zehnmal so viel wie barock-perlen. die perlindustrie versuchte sich darauf einzustellen und verwendete viel energie und mühe darauf, alle perlen so perfekt wie möglich zu produzieren. das ergebnis war, dass, anstatt 30 % barocke perlen in einer ernte zu haben, der anteil auf 10 % sank. nun waren aber anscheinend mehr kunden für barocke perlen vorhanden als perlen. der preis der barockperlen kletterte daraufhin so stark, dass schöne barock-südsee-zuchtperlen heute teurer sind als die runden.

all diese modetrends und verschiebungen, neuerscheinungen auf dem markt, gesellschaftspolitische faktoren usw., kann man nicht berechnen. der perlmarkt ist ein lebender markt. perlen werden nicht aus der erde ausgegraben wie edelsteine. bei diamanten und edelsteinen hat sich in den letzten 100 jahren beinahe überhaupt nichts verändert: keine neuen schliffe, keine neuen arten von steinen. perlen sind ein teil von uns, teil unserer demografischen, teil unserer geschmacklichen entwicklung, teil unserer vorlieben und gewohnheiten. und dies macht die sache mit den perlen spannend. es ist gut, wenn immer wieder mal neue varianten auftauchen, alte verschwinden. es ist bewegung und leben im markt! es ist schön, eine wirklich hochwertige perlenkette zu besitzen, die wertvoll ist, die man sein eigen nennen kann, und die teil des ausdrucks seiner eigenen persönlichkeit wird. es ist auch schön, wenn man mal wieder etwas völlig neues entdecken kann. qualitativ hochwertige perlen sind ein teures und auch werthaltiges produkt. und das wird auch immer so bleiben. doch man kann die wertigkeit nicht so einfach fassen, definieren, festnageln. perlen entziehen sich eben unserer mentalen, berechnenden welt und haben ihre eigenen mechanismen – und das ist auch gut so.

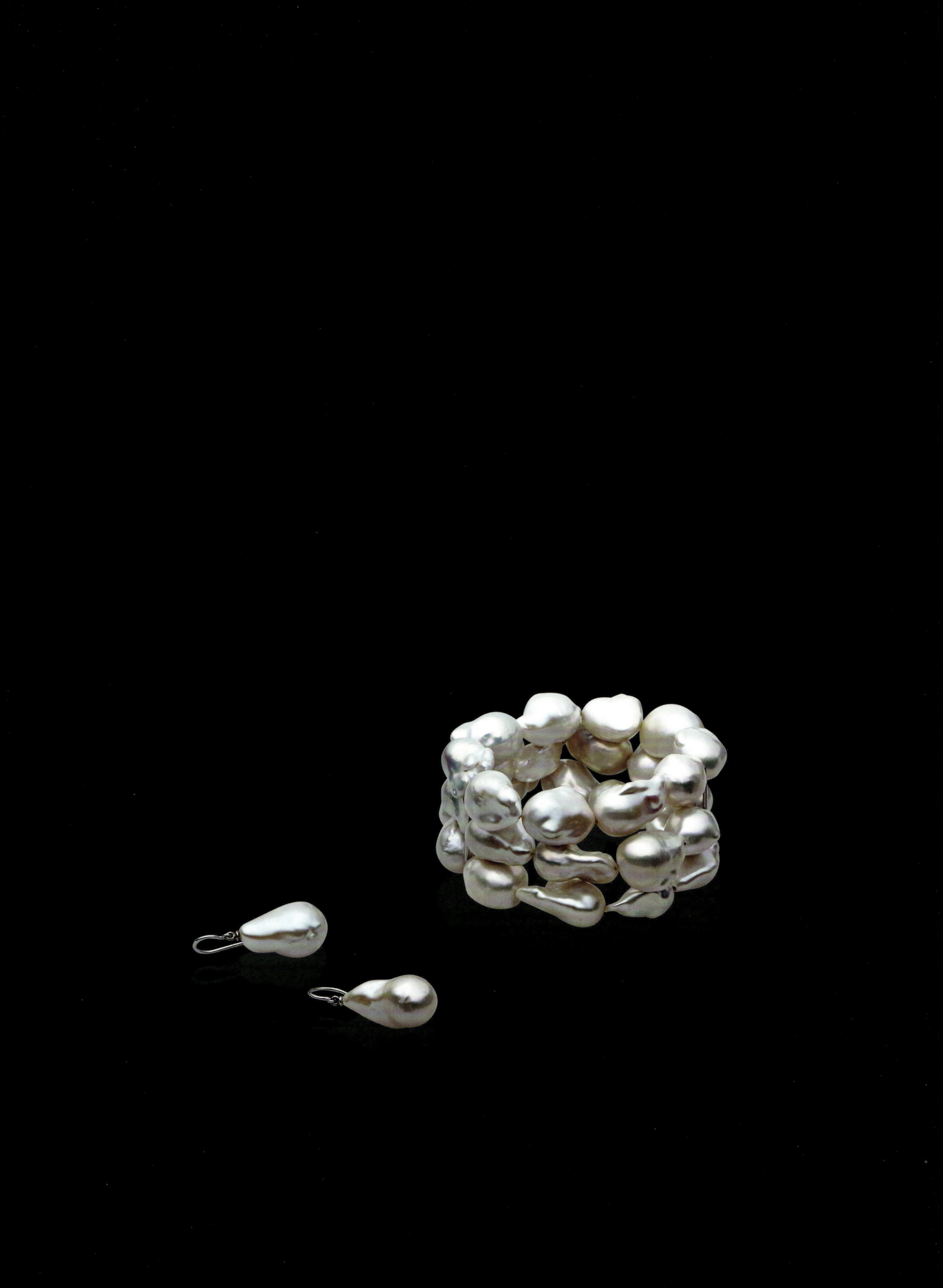